看不见自己影子的人

明人日记
MINGREN RIJI

安谅 著

百花洲文艺出版社
BAIHUAZHOU LITERATURE AND ART PRESS

图书在版编目（CIP）数据

看不见自己影子的人 / 安谅著. -- 南昌：百花洲文艺出版社，2021.4
ISBN 978-7-5500-4205-6

Ⅰ.①看… Ⅱ.①安… Ⅲ.①短篇小说 – 小说集 – 中国 – 当代 Ⅳ.①I247.7

中国版本图书馆CIP数据核字（2021）第046609号

看不见自己影子的人

KAN BU JIAN ZIJI YINGZI DE REN

安谅 著

出 版 人	章华荣
责任编辑	蔡央扬　郝玮刚
装帧设计	彭　威
制　　作	何　丹
出版发行	百花洲文艺出版社
社　　址	南昌市红谷滩区世贸路898号博能中心一期A座20楼
邮　　编	330038
经　　销	全国新华书店
印　　刷	苏州彩易达包装制品有限公司
开　　本	720mm×1000mm 1/16　印张 16.75
版　　次	2021年6月第1版第1次印刷
字　　数	200千字
书　　号	ISBN 978-7-5500-4205-6
定　　价	52.00元

赣版权登字：05-2021-174

邮购联系　0791-86895108
网　　址　http://www.bhzwy.com
图书若有印装错误，影响阅读，可向承印厂联系调换。

目录

第六辑 ■

第一

辑

你要有情怀

干蒸房的木门"咔嚓"响了一下，光线亮闪，随即一个男人的裸体侧身进入。明人抹了几下脸上的汗水，眼睛也半开半闭，就听这人轻声嘀咕："这……不是明兄吗？"明人抬头定睛，这长得不肥不瘦，肚腹都凸出，而且略显下垂的老头（活脱脱一个袋鼠的模样），竟是刘处长。他应该前几年刚退休的吧，怎么再无当年果敢自信，纵横捭阖的英武之气呢？

"明兄呀，我正要找您呢？"寒暄几句后，刘处长就带点羞赧之色开口道。"有什么事，尽管说呀！"明人和刘处长共过事，刘处长职务比他低，但年纪比他长，当年可是管着一个事业单位，三千多号人呢，挺威武的。

"就是，那个晓杜，您和他还有联系的吧？我想找他帮个小忙。"刘处长还是有些不好意思。

"有联系呀，什么忙？他是你老部下，你不能直接找他吗？"明人有点疑惑。晓杜曾是刘处长手下的副科长，摄影技术是没话说的，好多年前就调地区文化宫工作了。

"您知道……我和他……有点，疙瘩。当年他没能提任科长，一气之下就提出调离了，这个结，恐怕至今还没解开吧。"刘处长的额上、鼻尖上都开始冒汗了，说话的声音也有点瓮声瓮气的，仿佛嗓子也在冒汗。

刘处长和晓杜之间的矛盾，明人也是早有耳闻。都说刘大处长打压晓杜，晓杜偶尔参加市里的摄影家活动，他也不准假，还老是居高临下地教训晓杜："你要专心致志地工作！"反复说："你要有情怀！"这是这位老兄的口头禅，一说，就滔滔不绝，说得眉飞色舞、郑重其事，不是什么人都受得了的。

对晓杜，明人还是了解甚多的，他不是个对工作不负责任的人，只是爱摄影，且并未影响他的本职工作，反而还为单位添彩不少。他拍的有关本单位的建设掠影、人物风貌，还频频上报。可刘处长就是容忍不了他。在晓杜调离后，把另一位科员，直接提拔为科长了。那科长对他从来唯唯诺诺的，没啥能力，干活也是拨一拨、动一动的，工作毫无起色，和谁相处也都令人索然无味的。偏偏刘处长喜欢起用这样的人。听说退休后，那科长就改旗易帜，唯新任处长马首是瞻。刘处长找他办过几次小事，他也竟然都没给圆满办成。只是不知道，刘处长这会怎么想起被他排挤过的晓杜来了呢？是他良心有所发现吗？

"不瞒老兄，我退的这几年，人真瘆得慌，头一年老生病，感冒咳嗽不断，好多人劝我找点乐事做做。您知道，我这辈子都一心扑在工作上了，哪还有什么爱好的事呀！看人家画画、搞文学创作，有滋有味的，想步人后尘，可这得有点功夫，而且也累人，就作罢了。所以想练练书法，写字总会吧。可一个人在家写，也枯燥乏味，又听说这玩书法的虚头多，也没坚持下来。倒是摄影，自己年轻时也买过海鸥牌照相机，痴迷过一阵。这拿起来方便，又可以到处走走，立竿见影，就逐渐上瘾了。拍了半年，有了几位同伴，都是市摄影家协会会员，他们也一再撺掇我入会。可又说，必须先参加地区的摄影家活动。偏巧管这事的是晓杜，我想他一定还记恨着我，寻思也只有您能够说服他。我犹豫几天了。今天凑巧就撞见您了，这也算是天助我也吧。"

"是呀，这也是太巧了，我每月也就一两次，先游个泳，再干蒸一会的。"明人答应替刘处长去说说情，他相信晓杜不是小肚鸡肠的人。

不久，明人就找了晓杜，说了刘处长的想法，晓杜立马就允诺了。

"你不记他的仇吧？"明人开玩笑地问道。

"记什么仇呀，都是过去的事了。何况，他歪打正着，也等于帮我下了决心专职搞摄影。"晓杜爽朗地说道。

明人立马接口道："造就了一个摄影大师呀！"

"这个不敢，您过誉了。不过，这几年长进不小。"晓杜捋了捋也有些花白的头发，笑着说道。

"你是市里知名的摄影家，这一点不可否认呀！"明人拍了拍他的肩，比自己年轻几岁的晓杜，摄影前程确实不可限量。他前年拍摄的《南极北极》一组摄影作品，获得了国际摄影大赛优秀奖，颇受赞誉。

晓杜谦虚地笑了笑："不值一提、不值一提，还得努力再努力。"

明人把与晓杜的交谈结果，转告刘处长时，刘处长在电话那头竟"山呼海叫"起来："太好了，太好了！这晓杜真不错呀，他其实是救了我的命呀，真的，不夸张地说，我都在家憋闷好久了，要是他断了我这个机会，我什么都干不了，就等于在家等死了！"

话说到此，可见刘处长的兴奋之至了。

事情很顺当。半年以后，刘处长的摄影作品也见报并参展了。明人仔细品评，他的水平真的是突飞猛进，而且与晓杜的摄影风格十分相近。

又过了小半年，刘处长兴冲冲地打了明人电话："给明兄报告好消息，我加入市摄影家协会了，我要请您和晓杜吃饭。晓杜这人够仗义，不计前嫌，耐心指导我。要不然，我哪来这么快的进步呀！"

"人家不只是仗义，人家是有情怀。"明人插言道。

"是呀，晓杜真是有大情怀的人，就像您晚报上的那篇文章写的，没有大情怀的人生是局促的，晓杜是大格局的人！"刘处长说得愈发兴奋，明人可以想见他神动色飞、喜气洋洋的神情。

"您不是也老教育人家，要有点情怀吗？"明人故意激他。

他急了："您老兄是哪壶不开提哪壶呀，我现在要学晓杜的大情怀啦！"

（原载于《北京文学》2020年第9期）

清早的问候

　　坐在快速驶向单位的车上，明人查看着手机，思考着今天的公务，屏显闪闪红点，提示今晨发来的、尚未点击的各类信息。明人拉屏飞快地扫视了一眼。没有发现有急待回复的内容，皆是清早常态式的问候，他把手机搁下了，微微阖目，又沉浸在对公务的忖度中了。

　　司机回头对他说了一句。他陡地睁大眼，心里一惊："你……你说什么？尤局长怎么了？"司机又提高声调说道："说是尤局长前两天过世了。""啊，不可能呀，他天天向我发送早安的图片的。"说着，明人就展屏搜索，迅速查到了"犹有花枝俏"的昵称，每天清晨7点，几乎丝毫无差的时间，每天一张精美的图，加上元气满满的文字，在屏幕上有序排列。其中缀有明人偶尔的回复"也祝尤兄早安！"仔细察看最后一张的日期，蝇头小字，却分分明明，像针刺一般，让明人心脏剧痛。这已是三天前尤局发出的，也就是说，他这个阶段一直是在与病魔的剧烈抗争中。而他走前那一天的清早，依然一如既往地向明人，或许还有其他亲朋好友，发出了阳光般的问候。

尤局是另一个局的局长，曾是明人的老同事。明人知道他前几年退休不久就患了病，也曾去探望过他。这两年他似乎一度康复了。谁知道他竟然已届生命的最后时刻，在这种情状下，还每天发出真挚的问候。这段时间，明人差不多都没回他。明人心痛，还加上，一种不可抑制的深深愧悔。

　　这天上午忙完了公务，明人没有一点食欲，先给尤局长家人挂了电话，表示了自己对老同事的哀悼，说好一定来参加两天后的追悼会。之后，他把送来的套餐推至一边，仰面躺在沙发上，胡思乱想。

　　忽然他又拿起手机，飞快地翻看着好友的微信。他看到一则微信，那是在异国他乡的一位文友程，昵称也是程的实名。程每天都会向明人发来清晨的问候，都是以他的诗句制成的一个简单而有趣的图片。半年前，他仙逝了。是他妻子当天通过这个微信号向明人发送的消息。之后，雷打不动，他妻子仍以他的微信号，向明人及其他朋友，每天发来问候。也是用他的诗，图片似乎更美丽细腻了。文友宛若还在，有时读了，心生暖意。

　　此刻，在明人心里升腾起一种微光，让他从至暗时刻回返。他习惯性地接受这些祝福，却几无回复。这次，他回复了句："谢谢啦。我们十分想念程兄。也祝嫂子快乐吉祥！"很快，回复又来了："谢谢您。"

　　几乎是有睡意时，他才注意那个"谦谦君子"的微信。"谦谦君子"算是一位忘年交了，他大明人一轮。他们是在一个企业家高峰论坛上认识的。明人与他都是发言嘉宾，因此也交谈甚欢，互加了微信，坦言要多联系。这一说，只是一种心愿罢了，虽有微信这一"万能"工具，但大家公务都太忙，好友也多，微信中与这位忘年交聊过几次，毕竟身处异地，尚无来往，交谈也就稀稀落落。倒是这位老哥每天一早会发问候，明人起初也回复过，或说谢谢，或发作揖抱拳图，以表同样心意。后来，因实在无暇顾及，就很少回了。

此时明人发现，这位仁兄已差不多半个月不发他微信了，他心里掠过一丝不祥。不会这仁兄出了什么事吧？他想到尤局长，就更无睡意了，不敢贸然向那仁兄发信息直接询问，便在脑海和微信朋友圈搜索起他们共同的朋友来。终于找到一个，也是与仁兄住一个城市的好友，急急忙忙拨了电话。那头人家也正忙着，回答也是嘎嘣脆的。明人只能直接说了："他没问题吧，以前老发我早安的，半个多月不发了，不会……"那边就哈哈笑了起来，打断了他："肯定是您这个大领导老不回他吧，哈哈哈哈，我告诉你，这老兄热情是热情，但也有一点傲气，他前两天和我喝酒时还说，他每天早上会给70个人发早安。因为他70岁了。但如果谁老不回他，他就会转头去发他人，他希望这70人都能回他，才能证明还是友情常在，互相牵挂的朋友。你一定没回他，被他除名了吧……"

手机里有一阵喧嚷的噪声，明人还是听清听懂了对方的话，拿着手机愣怔了许久。

（原载于2020年7月26日《新民晚报》）

感恩的心

　　女儿铭铭放学回家，脸上喜滋滋的。"拿到了？"楚勇问道。"嗯！"铭铭点了点头。楚勇和妻子顿时笑容满面，铭铭拿到了最高奖学金！"老婆，来，开瓶红酒，再炒两个菜，我们庆祝庆祝。"楚勇一说，妻子立刻高兴地响应，转身进了厨房。

　　这一餐吃得开心。妻子感叹："幸亏你找了人帮忙，铭铭进了这所学校，交上好运了。"楚勇颔首："进这学校真是高难度的。去年这个时候，我急得团团转，找托无门呀。这所公立中学，录取率都低得接近五分之一了，都快打破头了。"为了铭铭，楚勇先找了堂兄，后来发现堂兄没能力，正走投无路时，去找了老同学刘彬。刘彬在教委干过，虽没打包票，但信誓旦旦地说，这事楚勇托对了人——学校校长在刘彬机关挂过一年职，这事刘彬办不成，没人能够办成。于是，楚勇满怀期待，可在录取的节骨眼上再次询问刘彬，却得知刘彬只不过是把铭铭的情况转发给了校长而已。

　　楚勇是有感恩之心的。在女儿最终还是获得了录取通知时，他就寻思要酬谢帮忙的人。他排除了堂兄，也否定了刘彬，想到另一位人物，即他的一位老上级。此前，老上级收了他"意思意思"的礼物后，也笑微微地说，知道了。女儿被录取后，楚勇第一时间登门叩谢，老上级给他沏了杯明前茶，碧绿澄清，但对他的再三致谢淡然处之，似乎毫不在意。还几次截断了楚勇的话题，聊起喝茶的种种好处："无事喝茶，喝茶无事。"念叨着一位制壶大师的一句赠言，老上级和楚勇娓娓而谈。回家后，楚勇对妻子感慨："人家真是举重若轻，对我的感谢，一点不在乎。""那你送他的礼收了吗？"妻子问。"哪里，他连上次给他的，都一并退还给我了，还说小事一件，祝贺祝贺。""这老上级有功也不受禄呀，难得。每年，你都应该去看看这样的好领导！"楚勇连连点头，发自肺腑："那当然，那当然。"

女儿在学校脱颖而出，无疑是始于进入了这所学校，有了靓丽的起跑。楚勇越明白这个道理，就越感恩这老上级。没两个月，楚勇和校长认识了，并成了好朋友。这天，在校长办公室，他借着谈兴，问起了当初是谁打了招呼。校长一脸懵懂，楚勇委婉地提到了老上级，也提及了刘彬，甚至堂兄。校长十分茫然，坦诚告知，他压根不认识他们，也没人来找他打过招呼。"那……你怎就拍板录取了我的女儿呢？"楚勇真的迷糊了。校长说："你女儿报考时，竟没人来打招呼的，这的确倒显得有点奇怪了。但见了你女儿的笔试成绩，我就懂了。"校长说着拨了个电话，报了楚勇女儿的名字。几分钟后，一位工作人员轻叩屋门，进屋后，递给校长一个档案袋。校长抽出其中一张，给楚勇一看。那上面写着楚勇女儿的名字，有一行黑体字分外醒目：该学生笔试成绩优秀，同意录取。下面是十多人的签名。校长说："那是入校资格委员会各专家的签名，你女儿是一致同意录取的。你想想，哪个学校会把一个真正优秀的学生拒之门外？那些只想找关系、通门路的，我骨子里看不起。你女儿很有出息！"

楚勇这回说不上话来，脸红一阵、紫一阵的，脑海里也一片模糊……

（原载于2020年6月24日《新民周刊》）

早春历"险"记

疫情和"大隔离",让人心神不定。但年近八旬的老母亲早就腰腹疼痛,熬过了春节,又持续了一月有余,她坐不住了。明人也决定,当即陪同赴医院查查。

这家医院近,条件也好,但据说曾有确诊病人。明人惶恐,和老母亲两人武装到牙齿再出发。发现医院的验血等候区今天虽人员稀稀落落,但来者皆是全副武装的。有几位妇人,半圆弧的透明面罩,套在脑袋上。其夸张的装扮,让明人脑海里闪过那些乱编乱造的星球大战的影片。

明人让老母亲固定一个座位坐着,自己穿梭着挂号、取单等。75度的乙醇在手,凡外人可能触碰处,他必当场消杀,不延误一秒。付款用手机微信,不接触,最踏实。

猛地发现,身后站着一个人,一米距离不到,太不懂规矩了。明人噔噔飞快走开,眼角余光瞥见,那是一个头发花白的小老头。不巧了,第二次来这窗口付做CT造影的费用,此人又出现了,还在他前边,在窗口问这问那、磨磨叽叽，之后更禁不住把口罩拽下了一半问。正当明人心堵时，有个女医生说话了："前面抓紧一点好吧。"小老头悻悻离开。

候着做CT的排起队来了。等候者都隔着一个座位坐着，有个少妇咳嗽了几下，人们的目光就聚焦了。又等了会儿，老母亲问："哪里有厕所？"明人晕了，自己不方便出入女厕所，可老母亲需要有人在一旁照顾……顾不上了，他连喊几声"有人吗"，没人回应，便径直走进女厕所，拿起酒精喷雾剂一阵消杀，千叮嘱万叮嘱，才退出门去让母亲上厕所。老人尿多，没过多久，母亲又想上厕所了。这回，本楼女厕所不能用了，明人只得带着憋不住的老母亲去男厕所解决问题。

走过楼间的廊道时，竟有一位男子摘下了口罩，在偷偷地吸烟。烟雾随风飘散，明人隔着口罩都闻到了烟味。他急忙用身子挡住了老母亲，搀扶着她快走了几步，他要避开这身份不明的瘾君子，万一是个"病毒杀手"呢？

取药时匆忙，一盒药掉落在地。犹豫片刻，明人还是垫了一张餐巾纸，把药捡了起来，喷了一阵酒精，才放心地扔进袋子里。

终于坐上了车，可以打道回府了。明人浑身已经水津津了，额上热汗涔涔。这两个多小时，自己就这么厚衣紧裹，几乎连便意都没了，真够紧张的。口罩严严实实地捂着脸，禁不住要扯开口罩，深深地呼吸一会。却见老母亲捏着口罩外面，想露出鼻脸，她也一定憋得不可忍受了。明人急了："别用手碰口罩呀。"说着，他拿着喷雾神器，就朝她的手开了几"枪"，老母亲虽然理解，但也颇感无奈，叫着："当心，当心，你都弄到我眼睛里了！"

他连忙住手，不知所措起来。

有同事听说他刚从医院回来，不由得退后了几步，保持着足够的距离。明人口罩下的嘴角，不为人所知地牵了牵。

"其实，医院的防护是很严格的，何况，我们医院发热门诊在那一头，也只确诊过一例，是在一个多月前。医院也没见谁被感染，之后也未见确诊病人。"这家医院的一位医生，也是明人的一位老同学，事后告诉他。

明人将信将疑。去医院的那天，短短的两个小时，却令他实在太难忘了，遂记下了这篇历险记，并在"险"字上加了引号。险不险的，还是让大家评点吧。

（原载于2020年3月11日《新民周刊》）

罅 隙

党校老同学汪市长发来一则微信："赵书记受处分了。"文字后面是一串泪珠。明人心一凛。这赵书记，也是党校老同学，还是班委成员，绝对是一个有激情、敢担当，且一身正气的地方官员。这回犯什么傻了呢？

记得在党校学习时，有好多同学建议班委组织大家聚个餐，都是从祖国各地四面八方而来，集体生活一个月，喝点酒，热闹热闹，也属过去的常规动作。作为一班之长的明人，也心有所动。可一上班委会讨论，多数人赞成，唯有那位来自南方某市的赵书记，态度诚恳，但是坚决地表示异议：校方入学动员会上三令五申，也不符合"八项规定"精神，他认为班委不宜组织此类活动。明人本来已准备拍板了，后来冷静一想，觉得确乎在理。

有同学似有腹诽，明人做了一些解释，又选了一个休息时间，全班找了个茶室品茗聚聊，气氛倒也不差。

不久，另一个班搞了一场聚餐，上了酒，有的人还喝得酩酊大醉，被学校通报处理了。此时，明人愈发觉得，赵书记此人够敏锐的，前途无量。

后来从当地熟人那儿也得到佐证，说赵书记人正心直，又能干事，口碑甚佳。

这回，汪市长的消息，令明人有一丝疑惑，听说是受了一个党内警告处分，违反了"八项规定"，这处分，与赵书记，无论如何也对不上号呀。正巧到南方出差，明人顺便拜访了老同学。赵书记在家款待了明人。明人刚入席，便迫不及待地询问此事。赵书记正给他搛菜，搛的是脆黄香嫩的鸡腿，不小心，手一抖，掉了，骨碌碌的，偏巧又从碟盘的缝隙，落在了桌面上。明人要去捡回，赵书记阻止了。

他又搛起一块鸡腿，放在明人的小碟子里，然后意味深长地说了一句："看书眼如月，罅隙靡不照。"

明人没听明白，双眸凝注于赵书记，且听他往下叙说。赵书记沉吟片刻，说了事情的由来。

这次赵书记带队出国招商，一路公务排满。舟车劳顿，加上节奏太紧张，随行人员都甚为疲劳。在路过一个著名景区时，当地陪同建议他们调整行程，说可在景区待上一晚。虽然景色十分诱人，而且完全有调剂的余地，赵书记还是委婉地拒绝了。这是明显违反规定的事，不可为之，他感谢当地陪同，也请随行各位理解。他们的车按原行程，只是从景区边上路过，那巍峨且颇具特色的建筑，以及湛蓝湛蓝的海，在窗外一闪而过。

圆满结束行程，在国内北方一个机场转机，要逗留数小时。当地机场公司的一位总经理，是赵书记的发小，在机场酒店盛情安排了一桌饭菜。在国外这些天吃多了西餐，见到久违的中国菜，大家都垂涎欲滴，胃口大开。赵书记想着大家高兴，反正已快到家，让大家好好享用。机场总经理还拿了红酒、啤酒上来，大家也都开怀畅饮，赵书记也喝了一盅红酒。

没料到，几天之后，上边找到赵书记核实情况，原来机场有人举报那位总经理，说他老是公款请吃请喝。上边顺藤摸瓜，就发现了赵书记这一茬，反馈到了他们省纪委。

明人听了，不禁惋惜："怎么会这样呢！这实在是自然而然！"赵书记摇了摇头："不怪谁，只怪自己。古人云，'虽盛唐名家，亦有罅隙可议。所谓瑜不掩瑕是也。'"

他随即又说道："只要我们真正自律自强，了无罅隙，又何患此事发生呢？就像这碟盆之间有缝，再香的鸡腿顺隙而落，也无法品尝了。这是对我的警醒！"他的眉毛上挑，目光带着自信和一贯的诚挚。

明人被他感染了："你是要炼就金刚不败之身呀！"

"我们共产党人就应该是钢铁制造的，多少前辈、先烈给我们做了示范榜样！"赵书记朗声一笑。

"来，我们干一杯！"赵书记擎起了杯，轻轻地与明人的杯子碰了一下，发出一声实实在在的脆响，仿佛双方又重申了一个庄重的约定。

（原载于《金山》2020年第2期）

"疑似"期间

年初五，天气多半是阴着脸。阿德来电了，通过"语音通话"说："我发低热了！明哥。没有确诊新冠肺炎，但是，先让我隔离了。"

"你有接触史吗？"明人禁不住问道。他小年夜前一晚，还和阿德碰过，也没听阿德说他前段时间去过武汉。阿德说："没有呀，我这教书匠要备课，寒假春节都在家，哪都没去过，就出来和你聚了一次。"阿德语气平静，可话中有话。"你怀疑我？我也没接触史呀！"明人心直口快。"不是，明哥，我没怀疑你，就是你上次带来的刘律师，他会不会……"阿德也憋不住，言归正传了。那天晚上，就他们三人小聚。刘律师是明人的老同学，正好要找明人咨询点事，明人就把他叫上了。但再三确认，他此前一直待在重庆，与武汉不沾边。

阿德这回是明知故问，明人念及他的处境，压了压火，调整语气，好言相劝："不会是这么回事的。你安下心来，查个清楚，把病治好。"

结束通话，明人的心一时无法平静。少顷，他向刘律师发了微信："春节可好？"几分钟后，刘律师回复道："惨了，已被隔离两天了。""啊！你被感染了？""不，疑似。"刘律师回得很快，挺乐观的语气。明人愣了，怎么回事？这么巧，他们两人都有状况，又都说没有接触史？是哪个有隐瞒、撒谎吗？

阿德又发来一则微信："明哥，如果我染病，多半是你那位朋友出问题了，你一定得好好问问他。我们这边正要排查我可能的感染源呢！"

还没发问，刘律师也传来微信："明哥，我仔细琢磨，这段时间没接触多少人。你那哥们，叫阿德吧，他是不是有过接触史？你最好让他想想。"

明人眉头拧紧了，头疼了。这两位猜来疑去，其实是不是还把自己也猜疑进去了？只不过明人毕竟是兄长，他们不好意思直接说出口罢了。早知道，就不小聚了！千小心，万小心，还惹出这样的麻烦。兄弟情义，怕是会在猜疑中变淡了，生凉了。

犹豫了好一阵，明人才向他俩各发了一条微信，内容一样："你们自己先想想，还有过哪种接触可能，我也想想。"

阿德很快回复："我真不可能有其他接触。"信誓旦旦。傍晚，刘律师的回音来了："我想了想，回沪的高铁上，隔着好几排，有位可爱的小男孩，一对老夫妻带着。征得他们同意，我给小男孩拍了好几张照，还将过他头发、理过他衣领。他们是武汉上车的。"

明人脑袋晕了。这是重大细节了。不仅他们，自己也危险了。千不该万不该，那天怎么叫上刘大律师了呢？！整整一宿，明人无法入眠，手机上疫情消息刷屏。想到两个正处于"疑似"之中的朋友，他但觉浑身乏力。

　　昏昏沉沉的一夜过去，第二天九点多钟，刘律师的微信发来："明哥，虚惊一场，我就是流感，已解除'疑似'，居家隔离了。几位医生共同诊断的。放心，那个小男孩应该没问题。"

　　明人的心依旧悬着——阿德尚待确诊，天知道谁会传染谁呢！

　　好在阿德的"疑似"，几天后也被解除了。

　　明人亦身体无恙。

　　这一天，太阳明晃晃的。阿德拉了一个微信群，把明人和刘律师都拉上了。他和刘律师在群里互称患难兄弟，又亲密无间地聊开了。

　　明人微眯双眼，仰望天空，喃喃："有阳光，真好！"

（原载于2020年2月26日《新民周刊》）

你一点没变

晓刚在微信里说："DT要见你，还问我要你的电话，给他吗？""他又冒出来了？"明人诧异。"你该知道的，他在B国触犯了移民法，被驱逐出境了，据说这半年都在国内。""这几年没见他发声，回国的消息，我头一遭听说。"既是老同学，明人觉得留个联系方式没关系。

晓刚和DT都是明人中学同窗，后者身如肉柱，脑袋偏小。好几年前他从美国返回时，与同学们聚过，摆出大亨的架势，但缺了绅士风度——西装革履，上衣口袋却露出一沓百元美钞，手里高擎着一瓶XO（顶级白兰地），窜来窜去。那天，晓刚带了明人的两本新作给几位主动讨要的老同学，明人晚到，就听得DT在另一桌对一位女生说："还带什么书呀！尽玩虚的。"

中学那会，明人是班干部，班会活动多半他组织。当时，DT就总是明一句暗一句的："玩什么虚呀！"老师表扬明人或其他同学，他也嘀咕："尽是虚的。"然而，他私下找明人帮忙，明人都热心相助；而谢绝他请吃饭吧，他又嘟囔了："真不给面子！当自己是君子啊。"DT为人一贯如此，善妒，对人严苛。其实他的学习成绩与明人不相上下，可气焰着实不低，感觉把别人甩开几条街似的。

和晓刚聊完微信不久，明人就接到了DT的电话，说一定要请明人吃个饭。明人回道："近期公务繁忙，吃饭就免了。有事尽管说，都是老同学了。"

DT称自己现在是国外一家著名咨询公司的上海代表，想进入物业市场。他说了公司名字，明人却十分陌生，沉吟片刻，说："业务直接介绍，我实在无能为力。不过，我给你找一位朋友，他是房管部门的，能够为你做点咨询。"

DT沉默了好一会儿，才说："那好吧，我等你电话了。"

明人放下手上的碗筷，在手机里查找了一会，又拨了好几个电话，才让他们互相联系上。那位朋友熟悉业务，又热情，是靠谱的人。

好几天后，明人接到了晓刚的电话："你帮DT忙了吧？""是呀，介绍了一位业内高手。""什么高手，他在同学中早说开了，说你又尽玩虚的，也不给他介绍业务，就介绍了一位朋友，朋友他多着呢！"

"他要这么说，就让他说呗。"明人自觉无所谓。

"你真傻呀，你再怎么帮他，他也不会说好的。"晓刚说。

"哈哈，老兄，那怎么办？"明人笑道。

"你不理他就是！"晓刚愤愤。

"不是有一句话吗？我们只管种植善良，其他的，让别人去说吧。"明人早已释怀。

手机刚放下，DT就来电话了。他表示感谢明人为他介绍了一位朋友，他想请那位朋友吃个饭，还有，请他找几位房产老板一起聚聚。

明人问："你和他说了吗？"

"哦，说了，可他没吱声。看来还得你出场，哦，对了，要什么出场费之类的，你尽管开口……"还未说完，明人就打断了他："这完全不需要。我们做事都有底线的，你找他咨询咨询，为你进入市场指点指点，这不成问题。我来约喝茶一聊吧。""你真是模子，我请你们，我带上洋烟、洋酒……"DT说了一半，不知何故，喉咙突然像被卡住了。似乎想起，明人是不会接受这般宴请的。

许久，DT又吐露了一句："明兄，你和以前一样，一点没变。"

明人笑道："你也一点没变。"

（原载于2020年1月15日《新民周刊》）

小小鸟

　　"小小鸟，飞多高了？飞高了，得把哥们带上呀。"小朴见到小金，总是这句，嘲讽意味很足。

　　小金则淡淡一笑，眼神里流露的是友善和宽厚。

　　"你这小子，人家小金代理IPO，已有好几家公司上市了。"明人捅了一下小朴的腰眼。

　　小朴惊讶地张大了嘴："真的！怎么也不说一声，也给哥们一个机会呀！"

　　"你别见啥捞啥了，看你这懒散劲儿！"明人瞪了他一眼。

　　"明兄呀，你老护着小金，他有这发财的机会，也不告知哥们，这太不够意思了吧？哎，小小鸟，你说话呀！"这个时候，小朴还加一句，这么说小金。

　　明人轻捣了他一拳。

　　小金还是那副笑脸："上次和你提过，你根本不在意呀！"

　　明人接口道："那时小金一说这，你想想看，你什么反应？"

这么一说，大伙都想起来了，小朴也直截了当地说："我没说什么呀，我只是说，小金你这小小鸟又想要飞了，飞来飞去也飞不高呀！嘻嘻！"

"你这人就是爱损人！告诉你，人家小金这回真的是飞高了。"明人说。

小朴目光在众人脸上来回，似乎还不太相信。小金在他眼里，真的是一只小小鸟。

说来这也是有由头的。同学聚会，要唱卡拉OK。小朴不好这口，别人唱什么，他就信口开河点评什么。小金也不会唱，但碍于情面，还是唱了《我是一只小小鸟》。音乐刚完，小朴就嘲讽上了："难怪小金事业不见发展，一只小小鸟，怎么样也飞不高呀。"话说得刻薄些，但都是老同学，此话也引得大家哄堂大笑了。

之后，小金又唱过一两次。"小小鸟"的代称，就由小朴硬扣在他头上了。小金也不计较，呵呵笑着，随小朴过嘴瘾了。

小朴自己也做点小投资，也期望着某天能赚一大票，可想是这么想着，手脚比嘴闲多了，也无进展。而小金做得真够扎实的，硕果累累。

此后，小朴真缠上小金了，也似乎忘记了小金只是小小鸟，想要飞，却怎么也飞不高的。

折腾了若干月，这回同学又聚会了，小金还未到，小朴早到，嘴巴就闲不住了："小金那只小小鸟，真是可以呀。上海、深圳、香港，他代理的几家公司，全面开花了！"

"那不是小小鸟了，那是天鹅一样空中高飞了。"明人笑说。

"就是呀。"小朴也赞叹道。

"那你抓到机会了吗？"有人问。小朴说："不谈了！我按他指路，是买了一点的，可我见那里迟迟还没消息，有一个朋友说的股票，有大涨希望，我就撤了资，投那里去了！"

"现在呢？"大伙问。

"亏了，跌得惨极！"小朴一脸懊恼。

偏巧，小金正好来了。小朴热情迎上去："这回，小小鸟，哦，不，小金，你再帮帮哥们给一个机会呀，让哥们也飞得高高的，够得上天鹅。"

小金起先只是笑笑，并未开口，被小朴催逼得急了，才笑嘻嘻地说道："你呀，飞翔是要靠自己的力量的。即便是一只小小鸟，也是这样。否则，像一片树叶，被风吹上天，终究也会掉落下来的！"

小金说得轻声细语的，却砰然有声。小朴听呆了，大家听得也咂摸出味道了："小小鸟"真是不一般呀！小朴这回自嘲了一句："看来，我连小小鸟都不如，只是一只……"

他话还没出口，大伙都异口同声地叫了起来："癞蛤蟆！"随即，大笑起来。

小朴也跟着笑了，笑得有点像从梦中惊醒的神情……

（原载于2019年11月11日《劳动报》）

你走得太快了

明人给小胡博士发了个微信："你走得真的太快了，我追也追不上。"

小胡博士回得挺利落："不好意思，怕会散人挤，提前走了。"

"你走得这么快，这么多人都瞅见了，坐我身边的刘区长目光追着你的背影，还悄声与我嘀咕了句。"明人犹豫着，还是发出了这条微信。

"啊？刘区长怎么没坐前面……这下他对我更不感冒了！"小胡博士看来后悔了。

小胡博士曾是明人的老部下，前两年调到兄弟区机关任职。小伙子名牌大学毕业，聪颖能干，明人对他也尽力栽培，可挪了一处地方，据闻一些领导对他颇有微词。刘区长是小胡博士单位的行政一把手，又是明人的党校同学，他就直言不讳地告诉明人，小伙子不错，就是太在乎自己的时间了。

从理解的角度说，小胡博士算是惜时如金。可某些场合，你得有些

"延迟性"，甚至得耽搁一些时间，还必须乐意而为。处处分秒必争，就让人感觉有点不入流了。比如，下班时间一到，小胡博士也不和同事们打打招呼告别，收拾干净桌子拎起自己电脑包就走了。大家有的为他捏把汗，有的带着不屑的神态，也有的心里暗暗叫好。

小胡博士在外企待过，是作为人才引进到机关的，他不明白这究竟有什么错。按时上下班天经地义，倘若真有急事需要加班，领导发话他也会义不容辞的嘛。但平常当日事已当日毕了，何必还要这么虚伪怯弱，这么扭扭捏捏的。

刘区长曾召集一个专题会，小胡博士坐在后排，全神贯注地倾听着，记录着会议的发言。会议结束，刘区长想起明人的拜托，想与小胡聊几句给他一点鼓励的，可刘区长刚说散会，也就和边上的人员耳语了片刻，再找小胡博士的身影，就一无所获了。刘区长问了一位处长，那位处长回道："走了！"这小子脚上像是抹了油似的——这句话不知是那位处长说的，还是心头冒出来的，刘区长叹口气，只能作罢。

这次则是全市的一个会议。主持人还在做总结性讲话，小胡博士就提前开溜了，解释的理由也实在牵强。后来明人就这个毛病和小胡博士有过一次交谈，小胡博士似乎有所触动，答应今后一定注意。可之后有位副区长在闲聊时撇着嘴道："前两天，那个小胡博士到一家民企调研，吃了一个便餐，刚放下筷子，又跑得没影了。都说他就是这个德行，你得好好再开导开导他。"

明人为自己的学生打了圆场，但心里不舒爽。当晚，明人在电话里把小胡博士好好剋了一顿，甚至扔下一句狠话："狗改不了吃屎，你就自作自受吧。走太快，在职场都快走到头了！"小胡博士在那头虔诚地向老师保证，今后不会再犯这样的错误了。

几周后，小胡博士打来电话："老师，恐怕我还得继续我这个走得太快的毛病。"

"什么意思？"明人不悦。

"您不知道呀？上次副区长到民企调研，吃了饭，出门时，听说每人都送了一袋高档礼品。因为我走得太快，他们疏漏了。没想到，昨天上面来查了，把我也找去谈话，最后确认我没拿。"

"还有这事？你挺走运啊。"

"至少，我今后也得选择性地走得快些，是吧？"

小胡博士嘻嘻笑着，但忽然又止住了笑，语气变得凝重："谁知道，走得太快究竟是好，还是坏？老师，您说呢？"

（原载于2019年10月23日《新民周刊》）

抱歉，我挂了

还在下班途中。路拥堵，车比蜗牛爬行好不了多少。手机振动了，明人从兜里取出，显示屏上罗力的大名赫然醒目。"喂，你好，罗力，有什么事吗？"明人问道。罗力是自己小学、中学时期的老同学了，这么多年了，大家联系不断，也算是难得的。

"明人呀，还没吃上饭吧？哈哈。就问问你们汽车项目怎么样了，我们有好朋友想加入。"罗力开门见山，直奔主题。

手机里听得见另有几位男子的声音，还有清脆悦耳的碰杯声。

这家伙又犯老毛病了，就是习惯饭局上拨明人的电话。明人在政府部门工作，也是一个有点影响的人物。罗力在大学教书，业余搞了一个投资咨询公司，平常还热衷于四处受邀演讲，照他的说法，三教九流的朋友不少，活得比"关在笼子里"的明人要滋润得多。

罗力在饭局时拨打明人的电话，无非是想显摆一下与明人的关系。明人为此说过他，罗力当面诺诺，之后便忘得一干二净了。明人出于礼貌，有时以为罗力真有事找自己，便不会断然不接他的电话。而等到估摸出他那边的具体情景，明人只能告知："找时间聊吧，抱歉，我挂了。"他微微停顿了一下，再摁了挂断键。那是他故意给罗力留了点面子，罗力果然像煞有介事地说道："还在开会呀，好，好，等你会后聊，你先忙，你先忙。"

苦笑了一下，明人望向窗外，心和路一样堵。

周日下午，罗力又来电话了，明人察觉到手机那头是正酣的牌局，罗力似乎和牌友还讨论着什么生意，应该是又想找明人帮什么忙了。寒暄两句后，明人再次礼貌地挂断了电话。之后一次喝茶聊天时，罗力有点怨言："你怎么老挂我电话呢？"明人反唇相讥："你打电话，也不找个时间，不是饭局，就是牌局的，你是要把我顶在杠头上？我有言在先，以后这样，我接都不接了哦。"罗力口气软下来："好啦，好啦，明白了。不过，无伤大雅的时候，还是请你接下电话吧。"

此后，罗力的电话真少了一些，来电话前也多半先发个微信询问或预告。明人想，罗力，本来就是一个聪明人。再其后的一段时日内，罗力都没有与明人联系。直到又一个周日，他发来了一条微信："兄弟好，好久不见，下午联系你，要接哦。"明人不知其意，也未搭理他。

下午一时许，正午睡中，枕边的手机振动了。是罗力发来的视频通话，他犹豫了一会，摁了通话键。画面竟是一个陌生女孩，模样可人，手里还举着一个上有"JTV"标志的话筒。画面一闪亮，她就欢声叫了起来："明人好！我是金城电视台真情大冒险节目主持人阿萍，很高兴你接了罗老师的视频通话，我们早从罗力的微信朋友中筛选了你，我们的节目就是想测试真正的朋友，是不是真能随时用视频来交往，坦诚相待，真情相待的。祝贺罗力，罗力成功了！也谢谢您，你们是真兄弟！"

　　只见画面里闪过许多年轻而又欢呼着的面影，罗力也气宇轩昂、喜气洋洋地站在舞台中心，与美女主持并肩而立。

　　明人忽然发觉正完全暴露在镜头之中，自己半倚在床上，神情倦怠，衣衫凌乱，双目呆滞，一脸迷蒙，便仓皇地说了一句："手机没电了，抱歉，我挂了！"

　　挂了手机之后，明人呆坐在床上，真后悔太相信罗力，这么迅疾接通了视频。

（原载于2019年9月18日《新民周刊》）

微 光

　　站在明净的大理石台阶上，明人目睹了这图书馆门口的一幕，脚步也不由得凝滞起来。

　　他看得很清晰，这两位穿着沾了些尘土的工装，还有点蓬头垢面的小伙子，无疑是外地民工。他们在图书馆的玻璃门扉探头探脑地往里张望，鼻孔和嘴巴里透出的热气，都洇润并模糊了一片。他们两人悄声的讨论，明人也听得十分真切。一个说："哇，里面书真多，能进去多好呀！"另一个忙说："这怎么会让我们进呢，没看那位正对我们横眉冷对吗？"

　　透过玻璃门，果然看见一位年轻女子，坐在一个半人高的柜台内，后仰着身子，然而目光如炬地盯视着他们，那女孩的眼睛挺大，可是此时的神情，就像眼前的大理石台阶一样"高冷"。

　　"你们，想进去看书吗？"明人在小伙子们身后轻轻问了一句。

　　那两人像被惊吓到了，一时手足无措，语无伦次："哦，不……想……嗯，没……没……"说完，想迅速走开，怕挡了明人的道似的。

明人和蔼地说了一句："不要紧的，这是公共图书馆，你们是可以进去的，到里边办一张卡。"

"真可以进去？哦，我们？"稍显稚嫩的那位年轻人指了指自己的脸，有点不敢相信，他睁大了眼睛，凝视着明人的眼睛，也许想从明人的眼睛里，探究个结果出来。

明人笑了笑："没错，你们带着身份证吧，登记一下就可以了。"

他把玻璃门推开，原本后仰着的女服务员，连忙站了起来，并且前倾着身子，脸上灿烂地笑着。明人明白，她是看见并认出自己了——今天图书馆的演讲嘉宾，也是他们图书馆特邀的一位学者。尾随在他身后的两位民工小伙子，东张西望着，像刘姥姥进大观园，两眼流露的都是好奇和兴奋。而明人留意到，那位女服务员投射在他们身上的目光，显然是冷淡甚至含有一丝鄙夷的。

"明老师，这两位，也是和您一起的？"年轻的女服务员终于憋不住了，但仍然是以委婉的方式在探问。明人直截了当地说道："这两位也想来馆内借书，本馆不会拒绝读书客吧？"女服务员又一次瞅了瞅他们，像扫二维码似的完整地从上到下，扫视了他们一眼，不冷不热地吐出一句："你们有身份证吗？还有，要交200块钱，是办卡的押金。"那位年轻一些的民工面露尴尬，另一位也搓着手，从脸一直红到脖子根了。

明人从口袋里掏出几张纸币，递给了神情已又冷冰冰了的女服务员。"这是他们的押金，应该没问题了吧？"女服务员嘻嘻笑了："没，没问题，明老师。"

一个半小时后，明人收住了自己的演讲话头，等待与这些观众的互动。这是活动的既定环节。他的目光在数百名观众脸上飞快一闪，他发现那位女服务员也在中间坐着，边上还有一位快70岁的老太太，脸上皱纹显现，但面显清癯，他感觉似曾相识。随即，又扫描到了刚才那两位年轻的民工，他们鼓掌的手还没放下，眼神是敬佩并向往的，站在会场的一隅，衣着似有点格格不入。

这时有人举臂提问："明老师，刚才你说，年幼时你就喜欢读书了，那时，你是从哪里读到那么多书的呢？"

明人身心仿佛被点着了火，他心里流过一阵热浪。他想起了什么，缓了缓神，然后娓娓说道："我年幼时，真的喜欢上读书了，可那时一个小学生，哪有钱买书呀。父母也是普通工人，没书可供我阅读。有天，我突然听说街道有个图书馆，就在那栋旧式办公楼里。我赶紧找到了那儿，然而高高大大的铁门紧闭着，我不敢敲，也不敢推，只踮着脚，从中间的门缝里朝里窥视，但真没看出什么。忽然，门被轻轻打开了，一缕微光从门里透出，一位面容清秀的中年妇女探出半张脸来，'小伙子，想看书是吗？'声音柔和而又亲切，我使劲点了点头，那妇人把半片门又开足了，说，'那进来吧，今天是周一，本该是不开放的，你想看，就进来吧，我把灯打开。我今天值班。'"

明人一脚踏进了这个小小的图书馆。从此，他与读书结下了不解之缘。他把文学视作自己的人生初爱，很重要一点就源于这个图书馆给予自己的心灵滋养。他也甚是感谢那位图书馆阿姨，她给他的世界注入了一缕温暖的微光。他说她是自己的天使和贵人，这些年，他一直想寻找她，向她大声地说一声"谢谢"。

明人向那位老妪走去。那位老妪正在年轻女服务员的搀扶下，也颤颤巍巍地站立了起来。明人紧紧握住她的手说："谢谢，真的谢谢您！"那位老妪说："我也看您挺面熟，前两天听我外孙女说，图书馆请了一位当地的学者来讲课，说了你名字，我就在想，是不是当年那位爱书如命的小孩子。没料到，果然是您！""谢谢您，您是我当年的太阳呀！真的！"明人由衷地说道。老人忙说："不敢当，不敢当的，这本来就是我的举手之劳，是应该做的。"老妪谦逊地说道。

"每个人都能成为别人的太阳。哪怕可能只是一丝微光。您刚才说得真好。"那位年轻的女服务员红着脸，也向明人真诚地感叹道，"我真的要向您好好学习。"

她说完，目光在读者席飞掠，落在了那两位异乡民工的身上，然后回眸，对着明人羞愧，又带点羞涩地笑了。

（原载于2019年6月26日《新民周刊》）

清晨一阵风

　　黏人而又闷热的傍晚，明人回家走到小区门口，就听见一片吵嚷声。前面站着好多人，只见邻居刘老伯摇头叹气地走了出来，嘴里嘟囔着："这个东北小子怎么像吃了火药，莫名其妙。"

　　明人问刘老伯怎么了，一贯温和的刘老伯说："我就跟他提了一点想法，这东北小子竟然吹胡子瞪眼睛地朝我光起火来，真是不可理喻！"

　　东北保安此时正黑着脸站在那儿。明人瞥见了他。有几位业主在劝慰他。他的目光盯视着刘老伯，显然仍有恼怒。这东北保安姓肖，长得人高马大的，平时也是一个挺温和、讲礼节的人，什么事会把他惹得这么恼火呢？看这东北肖还没有消气，明人也帮着劝慰了几句，便上楼了。半个时辰过去，明人在楼上，又听见了底下一阵喧闹，他从阳台上往下看，东北肖好像又在和谁干架了。他不禁皱了皱眉头，想起刘老伯对他说的，这小子今天像吃了火药，不由得套上衣服走下了楼梯。东北肖是在和一个访客争吵。这房客明人眼熟，三十多岁的少妇，娴静

037

优雅。他想起来了，这是一个学校的老师，曾在一次文学活动中碰到过。那老师也看到了明人，脸上有点诧异，但随即微微向他点了点头。

明人问东北肖："怎么回事？"东北肖哼哼地说："她报不出业主的房号。"

那位女老师不无怨艾但还带着几分委婉说："你这保安说话也不够实事求是，我说了房号还有业主的名字，可是你要我再说一遍，我说得这么大声，你怎么没听到呢？你朝我光火，堵着门坚决不让我进去，你是不是故意在找我撒气啊？"

有业主正好在周边溜达，他们刚才看到了东北肖对刘老伯从未见过的发飙，再看到这次对访客也这么蛮横，似乎也有点不满，有的人直接批评了东北肖几句，东北肖黑着脸仍然恼怒着。明人问了那女老师，老师说她是来看望一个小朋友。明人于是对东北肖说："你让人家进去吧。"东北肖见明人开口，虽然有点不情愿，但憋着气，也不吭声了。明人努了努嘴，女老师进了小区，也向明人道了谢。

明人随口问了一句："老师，你是哪个学校的？我倒忘了。"女老师回首一笑说："崇文中学的，教语文，姓周。"

明人"哦"了一下，说："对对对，上次文学活动我们聊过。"他们两人这么交谈着，明人察觉东北肖的脸色明显发生变化，他忽然盯着这女老师，面容现出一种疑问的神情。明人见了，忙问东北肖："怎么了你，你看出什么了？"

东北肖瓮声瓮气的，声音明显有所缓和了，说："周……周老师你是住滨江小区的吧？"

周老师扬眉微笑："没错呀，我就是住滨江小区的，你怎么知道？"

"那你为什么今天下午要光火啊？"

那少妇被他弄糊涂了："你说什么？"

明人看着这一幕，不知东北肖是怎么回事，是他犯傻了吗？这小子！

只听东北肖带着口吃，语气带有一点委屈地说道："我老婆和我说，你是一个好心肠的人，所以她愿意在你家干活，可是她说她没想到今天下午，你对她狠狠斥责了一顿，她说她并没干错什么。"

女老师秀眉皱起，眼神也充满了惊讶，好久她才吐出一句："你……你是小方的老公？"

东北肖点了点头，说："没错、没错，周老师，我太太小方在你家做保姆，都快两年了，你今天是第一次朝她发火，她一回来就把气撒在我身上，怪我没出息，怪我不能保护她。"

女老师心里一定产生了波澜，她忽然也羞愧起来："不好意思，真的没什么事，你太太干得很好，只是我自己今天情绪有点失控。"她想起上午在学校，自己也是莫名其妙地被校长剋了一顿。当时是在操场上碰到校长的，她的教学水平在学校有口皆碑，也做了不少创新，平常校长对她也很支持，挺关心的。可她刚开口说，能不能多给教研组一点经费，那老大姐脸色就很不好看，说让她把心思好好放在教学上，数落了她几句。她懵了，委屈得想哭。半天心情不爽。下午回家，本想一个人清静一下的。保姆小方在洗刷，原本很平常的声音，周老师觉得今天特别刺耳，无名火骤然点燃了，就向小方扔了几句重话。

明人这时也听明白了，他问了一句："周老师，你们的校长是姓连吗，连长的连？"因为连姓很少，容易记忆。

周老师睁大了眼睛说："您认识我们连校长？"

明人说："我认识的，她还是一个挺不错的人，怎么会朝你这么光火呢？"

"我也不知道啊，她今天怎么这么待我。不过我后来发现，她今天不只这么待我，别的老师找她，她也是这么火暴的语气。"

明人想了想说："我来帮你问一下吧。"他拨了电话打给了连校长，电话拨通，他带着玩笑的口吻说："连校长好久不见，最近挺忙是吗？"那边连校长满是恭敬、礼貌的语气："还好，没有您忙呀。""听说你今天脾气很大，什么原因啊？"连校长干咳了两声，显然不好意思了。"此事怎么传到您大领导这里了？"明人说："是不是邱主任得罪你了？"明人这么一说似乎刺激了连校长，连校长在那头马上回道："领导，还真的给你说中了，还不是您手下的邱主任，动不动就朝我光火。"

"嗯？他有这么大的脾气？看我怎么好好训他！"

连校长说："别别，回头他又该把我当作出气筒了。您不知道，今天早上就是您一个电话，把他弄得六神无主的，他一光火我也上火了，到了学校见谁都来气，直到下午才稍微平静下来。"明人拿着手机忽然感觉到了什么，难道，这一切都是自己引发的？他想起了早上的这一幕，静思了一会，然后连忙和连校长，也和周老师、东北肖连连道歉。

明人说："真的抱歉，没想到，今天你们的情绪不佳还都来源于我。"

一清早，明人边吃着早饭边读着晨报新闻，忽然想起了什么事，就和手下办公室的邱主任拨了一个电话。刚把事交代完毕，那边邱主任应声承诺着，手机里的声音却断断续续的，两人你呼我应的，说了好一会，这时一阵风从阳台上刮了过来，报纸的一半掀了起来，搁在报纸上未剥壳的白煮鸡蛋都滚落在地了。明人嘀咕了一句："真乱七八糟！"然后收了线。或许就是这句话让邱主任陷入了惊慌。他一定以为是明人生自己气了，这可是自己的顶头上司啊，他的脸拉长了……

这天是小暑，陆游诗云："万瓦鳞鳞若火龙，日车不动汗珠融。无因羽翮氛埃外，坐觉蒸炊釜甑中……"

（原载于《金山》2019年第6期）

院落里的违建

院落里搭建了一个精致的玻璃房，透光、敞亮；里面还安置了茶桌、茶具，四周点缀着各类花卉绿植。小小的天地，氤氲着一种愉悦的气息，是他与朋友品茗欢聚之所。不幸，他现在心里阴郁着：街道拆违办已发来数次整改通知，城管也上门调查取证，命自行拆除，且行使强拆的意味越来越浓。

他不愿善罢甘休。玻璃房完全在私人院落里，也不挨着谁，与他人何干？但，心里总有点发虚，这阵子拆违的呼声一浪高过一浪，未经批准的设施，当然属于违建。终究还是想"苟延残喘"，静静倚躺在懒人沙发上，他闭目思考，眼前掠过了一张张脸——那些朋友、老同学，都多少有点实权了，应该能帮上忙吧。

他首先拨通在区里某局的一位副书记，又拨通了第二个电话，找区政府办公室的一位负责人。接着打了第三个电话，这回是市里某部门的一把手。

然后，他一口气再多打了三个电话，托了这么多人，总有帮搞定的吧？他寻思着。就在他舒了一口气的同时，明人前后接到了六通电话，奇怪，平常联系甚少，不到半天的时间，怎么就"鱼贯而入、应接不暇"了呢？

第一个电话，是那个在某区某局任副书记的老同事。他说是好朋友所托，看能不能帮忙，尽量保留。老同事曾是明人心爱的老部下，第一次这么开口，明人沉吟了一下：拆违是大势，不过可以安排人去看看。

刚挂了电话，第二个就打进来了，自是那个区政府办的负责人，和明人不过几面之交。他把明人看作老领导，语气十分恳切，兼不好意思：知道明人在市里工作，应该有办法处理吧。明人没说已有人找他，道：安排人看看。

第三第四第五第六个电话接踵而至，明人沉默，这位违法搭建的业主到底什么来头？堂而皇之找那么多人奔走呼吁，是想造势呢，还是想办事？因手头还有工作，明人不便声响，遂安排了一位处长到现场仔细查看。下午竟又接到了几个说情的电话，明人琢磨了他们的话，很明显，他们不认为这些违建不能拆，只是一种情分，其中也有随意提一提而已的。当明人表示，这些违建隐患大，一旦保留，说不定会出乱子包括安全事故，他们基本不吭声了，谁来担责？

明人得到报告，此确属违建，邻居多有投诉，便关照，让他自己拆吧。话说出去两个月后，违法搭建还在。一天，明人特意从那个新建的商品房小区走过，建筑挺整洁，可惜底层都是各自搭建的五花八门的围墙或玻璃屋，品味差，布置杂乱，搞得不伦不类。虽然透过半遮半掩的窗帘，发现那个业主的搭建颇雅致，可违建毕竟是违建，周边跟风者搭的，没这个水准，助推乱象。

那天，市里开大会。回到办公室，当时找明人的几个朋友又像排队似的，依次和他通了电话。此回他们的说法，无一不是把这事给推远的：给你添麻烦了，该怎么处理，就怎么处理。明人纳闷了，后在一沓文件里，看到某重要领导的批示——所有违法建筑必须依法拆除，任何人不得袒护、变相纵容，否则严处，请相关部门认真办理。该批文签在群众来访中，里面有一条即关于这个业主的违法搭建。想起刚才的大会上，有位大领导也有提及，明人顿然明白了。没想到消息这么快，真是立竿见影。

过了两周，明人再次走过那个小区，违法搭建已消失得无影无踪。新种植的乔木和灌木丛，在建筑的外围整齐且精神抖擞地亮相，楼前气派多了！

（原载于2019年1月24日《新民周刊》）

手机之过

　　"就因为刷屏？这么一会儿，这也太过了吧！"老白眉毛向上挑着，一颤一颤的，嗓音克制着，显然十分恼怒。

　　他儿子报考大名鼎鼎的大公律师事务所，笔试尚过得去，面试被淘汰了。老白找了老友明人，托他打探情况。明人很快获悉，几位事务所的合伙人对他儿子的回答还算认可，可就在他们小声商议的时候，他儿子似乎闲来无事，拿起口袋里的手机浏览起来。那片刻，合伙人的目光正巧都又聚焦于他，其中一位老者皱了皱眉，轻声嘀咕了一句。他儿子没听到，几位合伙人都听到了。"这个时候还玩手机。真够随意的。"

　　"看手机是很多人的习惯，这又无碍大事，这些人也太苛刻了！"老白终于发怒了。

　　明人笑眯眯地说："来，喝点茶，去去火。"说完，将桌上的那杯刚沏的热茶推送到老白眼前。杯里的菊花，花蕊深黄，花蒂呈绿，花瓣玉白，在水中漂浮，散发出淡淡的清香。

　　老白抿了一口，直视着明人问："你怎么看？"那眸子里的火气还郁结着，估计一时半会儿还难散去。

明人沉吟了一会儿，问道："你读过我那篇散文吗？我与推拿大师的对话？"

"读过呀，不错的文章。你与老先生一面之交，就写出这篇短文来，真是信手拈来啊，可这与我儿子面试又有何关系？"老白眨了眨眼，那眉心还在纠结。

"这位大师我真挺尊重的。那次我腰伤，他给我推拿，一边推，一边向我介绍他的推拿理念，老先生很钻研，也很专业，把中国的推拿阐释得形象而且到位。一个疗程下来，我的腰痛也缓解了，他的推拿经，我也了解甚多。我对他甚为敬佩。当晚，我就写了这篇文章。"明人说道。

"不是那位老先生读了也挺高兴，还夸你真是快手吗？"老白插言道。

"是呀，我对他敬佩也尊重。文章是发自内心的。可前不久我腰不适，又去了他那儿，他挤出时间又为我做了推拿。"明人继续叙说道。

"这老先生这么忙，还临时安排，也是有情有义。"老白感叹道。

"是呀，他也很到位，一边帮我推拿，一边继续不厌其烦地向我叙述他的推拿理念。我趴在推拿床上，脸埋在床洞里，和他交流着。他说得兴致勃勃，手则在我腰背上推、拿、按、提、揉、捏，有力度和温热。"

"你们交流得挺好的嘛，后来发生什么了？"老白有些急不可耐地问道。

"其实也真没发生什么。其间，我感觉搁在床边的手机有振动，便稍稍抬起头来看了看。也不是要急着回复的微信，我没回。就顺手又浏览了一会儿，也仅仅是一种习惯。但我忽然发现，老先生竟然停止了推拿，走出屋子了。"明人脸上带着一丝苦笑。老白则瞪着双眼，眼神里充满疑惑。

明人说："我的浏览，让老先生不舒服了。"

"你看手机。他不舒服什么？"老白追问。

"看手机，表现出一种漫不经心，交流自然无法投入，老先生感觉伤了自尊。"明人答道。

"有这么严重？"老白问。

"就是这么严重。"明人说，"这一刻，我觉得自己有愧于老先生。"

这回，老白沉默了。

数月之后，明人与老白又会面了，聊起他儿子工作一事。老白这回是笑容满面，眉心舒展：小伙子被大明律师事务所录取了。

"这太好了，小伙子有出息呀！"明人由衷地夸赞，大明律师事务所在这个城市也赫赫有名。"不过，那一次面试挺悬，竞争者甚多，幸亏你提醒，儿子才抓住了机会。"老白也是真诚地说道。

"我提醒？我压根不知道你们这次面试，怎么就无功受赏了呢？"明人也真是困惑。

"那天，面试最后，只留下三人了，包括我儿子。可律师所挺严格，明确只招两人。我在门外手心里都捏了把汗。"老白说着，果真还捏紧手心，仿佛置身考场之中。

"后来，我儿子被录取了。他说，在考官们正犹豫不决悄声商议时，三位端坐着的小伙子，有两位习惯性地掏出了手机划起屏来。也就一会儿工夫，结果就出来了。"老白眉毛欢快地上扬着。

　　"划屏不分场合，是一种陋习，你说是吗？"他对明人又说了这么一句。明人哈哈笑了，拍了拍他的臂膀，说："你只要记住就行！"

（原载于2019年1月13日《新民晚报》）

刘老伯上任记

说起刘老伯，明人和他相处几十年了，他就是一个闲不住的人。

在明人念小学时，小区居委会组织了"向阳院"活动。那会儿刘老伯尚不是老伯，原是附近钢厂的工人，由于长得矮小，又是天生的歪脖子，在车间里帮不上什么大忙，却不肯闲着。后来，去钢厂的图书馆做杂活，受到工会主席的表扬，竟提出要一个"官职"。工会主席虽觉奇怪，但刘像头勤劳的小牛，合计了一下，就安排了一个图书馆主任助理的职务。

刘私下说，只要给职务，做事就来劲。总之，他很快融入了向阳院牵头的工作班子，包揽了宣传标语、宣传墙报，通过这，居民多少知晓了点"热点事件"。于是，一得意，刘的官瘾貌似又发作了，大伙儿商量后，就任命他为向阳院工作指导委员会的宣传委员。

不知什么时候起，向阳院无声无息了；刘在单位半退半休了，真成老伯了。不过，他还是经常出入居委会，除四害、讲文明、"五讲四美三热爱"……积极参与，乐在其中。比如，有次，正复习迎高考的明人碰到刘老伯，便知悉，他又多了个"五四三"活动委员会副主任委员的头衔。

好多年过去，搬进搬出的，没想到明人又和刘老伯凑在一个新建小区。刘老伯正式退休了，可依然在居委会帮忙，职务是居委会的党总支副书记。明人想，这应该是刘老伯这辈子担任的最大的官职吧。时常见刘老伯风里来雨里去，楼上楼下奔波，忙得不亦乐乎。人经不住时间的挤对，刘老伯脖子更歪了，脑袋更显小了，身子骨也更弱了，还带着点佝偻。但他仍颇富干劲，明人见到他，总是和他打招呼，叮嘱两句保重。

前不久的一天，明人在小区门口看到刘老伯，老伯竟然难得有空地在那里踱步，略显一筹莫展之态，好像暴雨来临前的那朵乌云飘头顶上了。明人关切地询问："刘老伯怎么了？碰到什么事了吗？"刘老伯望了望天空，重重地叹了口气，说："唉，也没什么，只是他们通知我，我这个年龄再做副书记不太合适了，这下我真的要退了。"看着他一脸的愁容，明人安抚道："刘老伯你已经做了很多事了，大家都对你评价很高，现在也上了年纪了，该享享清福、颐养天年了。"刘老伯说："话是这么说，我那个小孙子也十来岁了，我也常逗他玩，可是不为小区干点活，我心里总憋得慌。"寒暄了几句，他们就分手了。

没想到，后来一次在拿快递的时候，明人又撞见了刘老伯，而且刘老伯竟然又担任了新职务。刘老伯说："你看，他们让我做物业的指导，我一想现在的快递啊，小区保安也不让他们进门，我就琢磨着，安排了这个快递的集中收理处。"明人说："这个太好了，之前快递还真是没有个统一安放的地方，有时塞在我的门口，有时塞在我的邮箱，门卫、保安又不肯收，你这个办法太棒了，真是为小区老百姓办了一件大好事！”

　　这么一说，刘老伯脸上笑容又阳光一般灿烂了起来："您大领导也这么说，那我就满足了。"明人笑着说："哪里啊？你现在还是我们小区的领导，是'现管'。"刘老伯笑了，缺了好几颗牙齿的嘴也咧开了，笑得挺乐的。明人思忖着，那是他的一种精神在支撑呀！这些官职都无报酬，也无特别待遇，他却如此看重，并乐此不疲。刘老伯跟着说了一句："你看我不做官行吗？只要做了官我就有活头了。"他又哈哈大笑，那笑声真的很明朗，也孩子般纯净，在楼道里回响……

（原载于2019年4月3日《新民周刊》）

领导有约

听说新上任的刘书记要来秦县调研，县委书记老慕立马觉得房子在旋转，头晕目眩，一屁股坐在了椅子上。旁边的县办主任小吴急了："没什么事吧，书记？"慕书记微微摇了摇头，总算稳住了心神。

他脑子里还在回放着曾经的一幕：清冷的县体育馆游泳池，铁将军把门，而刘书记和司机则在冷风中来回踱步，时不时抬腕看表，终于气咻咻地驱车走了。其实，这一幕并非老慕亲眼所见，但眼下却反复闪回，折磨着他的神经。

那年初春，刘副市长（刘书记当时是外省邻市的副市长）路过秦县，待了一晚。当年的慕书记还是慕县长，他不仅亲自陪同，晚上还私人宴请了刘副市长。刘副市长有才干，且儒雅随和。两人喝至尽兴处，刘副市长谈及，自己的业余爱好包括读书、散步、游泳……慕县长说："我也挺喜欢游泳的，如果刘市长愿意，明天早上我陪你游，我们县体育馆的游泳池是按国际赛事标准建造的，不错。"刘市长似乎犹豫了一会儿，但随即答应："明天一早去吧。"

第二天是周日，慕县长按平常习惯起床，脑子昏沉沉的。蓦地，他想起了什么，脑子跟着又嗡嗡作响。昨晚，把刘副市长送到住处，自己又赶回家，和做客的两位表兄弟干了一杯，唉，现在都把约游泳的事给耽误了。再一查手机，刘市长早上7点多打过好几个电话，自己睡死了没能听见。他赶紧回拨电话，司机接了，说刘市长在车上睡着了，还说刘市长老早起床了，在冷风里待了半个多小时。慕县长让司机和刘市长打个招呼，自己睡过头了，请他见谅。

　　刘书记这次来调研，依旧儒雅随和，他握着慕书记的手，笑道："老慕，我们也快有四年没见面了吧？""是呀，书记记性真好！"慕书记恭敬而又满脸堆笑地附和。"感谢你呀，上次你私人款待了我。"刘书记仍然笑吟吟。"应该的、应该的，您是贵客嘛。"

　　一路调研，风平浪静。刘书记询问的都是秦县的经济社会发展情况，算得上老土地的慕书记对答如流。就是汽车驶过县体育馆时，慕书记发现刘书记扭着头，盯视了那边好久，一声没吭。晚上便餐后，刘书记提议："你也挺喜欢游泳，明天一早7时，我们一道游游？""好啊！7点，我在游泳池门口恭候。"慕书记飞快接口。之后心里擂起了鼓，这不知是福是祸？

　　当晚慕书记睡得颇不踏实。如今的一把手刘书记直接提及要去游泳，这是要揭疤痕还是要给下马威呢？没到闹钟叫唤的点，慕书记就翻身起床了，早早地奔向了体育馆游泳池门口。初春的清晨寒冷如冬，他披着军大衣迎候，还有些瑟瑟发抖。时间仿佛过得很慢，手表上的分针，好不容易挪到了7点，刘书记没出现；7点15分，刘书记没出现；7点30分了，泳池门口，还只有慕书记和县办小吴主任形影相吊，面面相觑。难道这就是刘书记给的提醒，甚至作为对当年违约的惩罚？慕书记一激灵，不由得汗毛倒竖。小吴耐不住了，拨了刘书记秘书的电话，电话嘟嘟地忙音，拨了好几分钟也拨不进去。慕书记一脸沮丧地坐在台阶上，愁眉紧锁，目光呆滞而失神。

大约8点，慕书记接到刘书记秘书的电话，说邻县煤矿出事了，刘书记急赶过去，刚才他们一路在打电话了解情况和指挥调度，刘书记让他打个招呼致个歉。

慕书记攥着手机，只是"嗯嗯"着，直到手机里传出的又是嘟嘟的声响……

（原载于2019年5月15日《新民周刊》）

第二辑

风吹草动的夜晚

秦大主编是明人的好友。有一天，大家欢聚。有人提议，每个人
都讲讲近期的故事，要有趣、有味，也要敢于真心坦露。逐个讲完后点
评，秦大主编的故事被众人叫好，获得此次"最佳故事"之冠。

以下便是故事全文。

依依本是一位无名作者。在征文来稿中，其文笔娟秀净洁，所以被
纳入了佳作奖的行列。那些位列一、二、三等奖的作者，不少都是老作
者或者征文类的"老游击队员"了，秦大主编已经提不起兴致，看到新
人脱颖而出，也想做伯乐相助。

没料到，依依竟是如此妩媚动人。颁奖时，依依的奖状是他授予
的，他握住对方白皙温软的小手，说："好好努力！"依依点点头，再
三致谢，快下台时，还转过脸来，朝他粲然一笑。

于是，一来一去的，晚饭后，依依与他已相携同行，走向他的那个
小屋。

那间小屋是他和太太购置的，朋友开发的一个楼盘，环线外，里面

就搁了一些物品。他们另有三居室的住宅，这个就闲置着了。

秦大主编平时像个老夫子，说起来，他名字叫秦风，朋友们有时故意倒着叫，这就与"风情"谐音了。但其实是嘲讽他，并没有所谓"成功男人"的风情。不过，他曾经做过这种玫瑰色的梦，就是从不敢真的付诸行动。而这次，他想真正行动了，借着晚餐的酒力，还有依依的秀色及其温柔劲儿，他是一刻也耐不住了。

他不是没有担忧。他把手机调至静音了，妻子常来电话，如果此时来电，就实在太扫兴了。秦大主编对自己的妻子有感情，可老夫老妻快20年，早没有一点新鲜感了，他想再次感受青春的活力。

在开往小屋的出租上，有手机在响，是一段熟稔的音乐声。他握着依依的手，立时缩回了，下意识地取衣兜里的手机，人已有几分萎靡。可他看了看自己的手机，根本不见动静。倒是依依如梦初醒："哦，是我手机。"依依很快按了，又挂了。

出租车司机回首问："是那个海岸小区吗？要不要送进里边？"很正常的一句话，就让秦大主编紧张了起来，他先是断然否决："不，不，不用。"同时盯视着反光镜，那一张脸，似乎是在哪里见过？心里嘀咕了一句：不至于是太太派人跟踪自己吧？

车到了小区门口，他扔给司机50块钱，连发票和零头都不要了。他看着出租车驶离，才走进了小区。

小屋在三楼，他带依依快步走着，连电梯也没上，噔噔地上楼了。正巧有清洁工在二楼过道口收拾垃圾箱，瞥了他们一眼。秦大主编下意识地埋下头，身子侧了侧，装作是避开垃圾的味道。

总算进了屋，关上门。他吁了口气，就紧紧拥住了依依，像是为了把紧张情绪都赶走，他吻住了依依的嘴唇。正准备更进一步的时候，突然，他发现依依的眼神，仿佛凝住了似的。他顺着她的目光，往后望去，也骤然浑身发冷，一阵打战。有张脸正笑盈盈地看着他们——照片上的一张脸。那是老岳母的遗像，是太太几年前搁置在这的。

老太太活着时，也常常戏谑地叫他"风情"；此刻回想，总觉得那叫唤中意味深长……

秦大主编再也打不起精神来了。他和依依几乎都是逃离一样地出了小区，然后各自回到各自原来的方向……

（原载于2020年11月4日《新民周刊》）

烟雾飘绕

先是听见有人咳嗽，再见伊敏站起身来，跑了出去——从小，她就对烟味反应强烈，严重时，能咳得倒在地上。

大伙儿都闻到了一股烟味，是从主管的玻璃门缝飘出来的。大伙儿都皱了皱眉，不过，还在自己的座位上，活儿挺忙的，也顾及不了这个了。

嗅到烟味，伊敏立马不开心，可到了如今这家公司的本部，作为新人，不敢多提意见，忍不住，只能远远避开。但部门主管梅女士"变本加厉"，没事就抽烟，在办公室毫无忌讳，烟雾腾腾，呛人耳鼻，太可怕。公共场所不是不能抽烟吗？梅主管千好万好，对自己也很关照，但这一点，伊敏没法接受。这天，她向挨着她座位的小牛哥嘀咕了几句，说是再碰到如此放肆地当堂抽烟，她寻思着得引发警报。小牛哥紧张，说不行，别傻干。

伊敏对老师明人讲了烟味扰人的事儿，连带着也埋怨同事为何不作为。明人劝解伊敏，再看看吧，兴许你们主管会改变习惯。

"您真是神机妙算，有先见之明呀，我们主管变了！"明人再邂逅伊敏时，她迫不及待地和老师明人分享了办公室的故事。

那是年中的一次庆功宴上。部门因在疫情中业绩突出，逆势上扬，而受到公司的嘉奖。梅主管组织大家到餐馆好好地欢庆了一下。酒酣耳热之际，梅主管让大家逐个致祝酒词，还强调必须要提一条对她本人的建议。难得宽松欢快的氛围，大家多半提的，都是打哈哈，不无讨好的言辞，什么梅主管要多多注意休息，梅主管有什么工作要求尽快提出之类。轮到小牛哥致辞了，他瞥了伊敏一眼，然后一字一句地说："梅主管，我有一个建议，不知当说不当说。"忽然这么严肃的口吻，让大家都有点吃惊，梅主管也愣了愣，随即很大度地说："有什么不该说的，想说什么，就说什么吧。"

"我只是想说，梅主管今后可烟少抽或不抽，抽烟对您身体不好，何况，在办公室抽，对大家也不好。"气氛愈发紧张，连伊敏都在心里既为小牛哥叫好，又感觉他太唐突了，说得太直接了。

梅主管点燃了一支烟，抽了一口，然后缓缓地说道："唉，当年我进车间当学徒，身边全是男的。师傅们都抽烟，劣质烟，烟味很重，很难闻。我身陷其中，但我没说什么，为了学点本领，我不在乎，后来也跟着抽。我就是这么从抽烟的男人堆里熬过来的。我抽的二手烟，你们难以想象。抽烟也抗二手烟呀。"她停顿间隙，小牛哥又插言道："可我们现在也都跟着您在抽二手烟呢。"虽轻声细语的，低八度，还是令人感到挺刺耳的。伊敏想，这小牛哥今天真豁出去了，平常倒看不出。

梅主管顿了顿，看了看他，也扫了一眼大家，包括伊敏。她没说什么，又猛吸了两口烟，把烟重重地掐灭了："来，喝酒，大家辛苦了，谢谢大家。"梅主管猛灌了自己一杯酒，瞪了小牛一眼，那目光，像是剜了他一下。

　　之后，却什么也没发生，小牛哥还是那么勤快地工作着，梅主管对他一如既往地赏识，只是，再也没看到梅主管在办公室抽烟。

（原载于2020年10月8日《新民周刊》）

至 爱

她长得甜美，略带一点妩媚。此刻却神情疲惫，而目光里满是殷切
渴盼。

事情要从那天说起。明人与几位发小相聚，申和杜为了个外省女
孩闹得很不愉快。杜一开始是帮忙的，为女孩找了更体面的工作，把她
安置在某健身机构专司迎宾一职。女孩笑靥如花，与大家都挺热乎，但
两个月后竟失联了。一查一问，她向好多人借过钱……因此，推荐了女
孩的杜说不出的憋屈，最早认识女孩的申同样郁闷，明人见好友起了争
执，感慨：这女孩，值得探究啊。

现在，女孩就在明人的眼前。她自称名叫柳岚，母亲在她出生后
不久就病逝了，她与父亲相依为命。去年，父亲被查出胃癌，因家境
贫寒，也没去大医院好好治疗。她就来沪了，想尽快赚一笔钱；可钱难
赚，父亲的病等不起。于是，她想到了借钱。先向蛮谈得来的一位老乡
借，开口三万，那人的脸瞬间"变天"拉老长，扔了一句："谁有这么
多现钱啊！"此后，看到她就躲得远远的。她再向申开口，这次只说要

1500元，申犹豫了一会就给她了，借条都没写。她"开窍"了，向身边的熟人一一借款，每笔的数额不算大。父亲那头令她惦记，她又无法向各位解释，遂赶回老家，关闭了手机。

"你父亲治愈了吗？"明人问。

"我到家，父亲躺在床上，面黄肌瘦，我坚持要他上医院，我说有钱了。他说'你哪来钱，来路不正的钱坚决不能要'。我说'我这钱是上海的好朋友支持的，您放心'。最后，父亲总算去了医院，检查的结果，要做手术。我想让他到上海来做，大医院，条件好。可父亲固执己见，说那会花费太多，就在县医院做吧，费用也可报销不少。他还说，上海人家的恩，也要尽快回报。手术倒顺利，父亲吵着出院，留了一张纸条说外出散散心，但是人突然找不到了，我急得团团转。"

柳岚哽咽，接着道："过了几天，他回来了。他拥抱了我一下，说，'女儿，从今以后，我们要好好生活。'我知道，父亲在安慰我、鼓励我。我这次回来是还钱的，本来担心大家会骂我，不料大家都还是挺和蔼的……"

她用纸巾擦拭着泪水，说大家拒绝了自己准备好的钱，还告诉她有人替她还了。她询问是谁替她还钱的，有的说是申哥，有的说是杜哥。她特地去拜会申哥和杜哥，要感恩。可他们在电话里就笑着，也不作答。她想到了明人——明人是这哥俩的发小，他们尊重他。她想知道，到底是怎么一回事？

明人沉吟许久，答应会给女孩一个答案。

三天后，明人约柳岚到健身机构门口。柳岚早就想回去工作了，那天经理也满脸真诚，欢迎她回来。

到了门口，她看到了明人，看到了申哥和杜哥，还看到经理身边站着的自己父亲!

父亲走近,说:"我也要在这里工作了,经理聘我做了行政助理。我说过,我们会好的。"

是柳岚的父亲发现女儿的微信里这么多人在找她,还不无怨言。他知道女儿为了自己而犯了错,于是想法子筹钱,"失踪"了几天,通过手机信息先找到了申和杜,道歉,递上了所有的钱款,请他们代为归还。柳岚的父亲希望,这事大家先不要告诉女儿,等他康复了,也来上海打工,他要陪伴柳岚……

明人说:"他们都是好人,你的父亲更是好父亲!"

(原载于2020年9月2日《新民周刊》)

炒螺蛳

大雨滂沱。他从超市回来，身上雨水溅落；心里，也有点失落。把几个熟菜搁在桌上时，他还轻叹了一声：今天竟没买到螺蛳！

儿子瞅了瞅他，也瞅了瞅餐桌。不一会儿，套上外衣，拿着一把伞："我出去一下。"说完，便推开门，冲进了雨幕。房门合上，他半天没说出话来。

儿子真像当年的自己呀！埋头学习和工作，对家事和家人似乎漠不关心。

老父亲退休不久的一个冬至，晚餐时特意炒了一盘螺蛳。他知道这是父亲所爱，也是父亲的拿手好菜。可他吃这个嫌烦，所以，每次上炒螺蛳，几乎都不碰，三口两口扒完饭，就搁下饭碗，进自己的屋看书去了。

往常，父母对此习惯了。这回不一样，父亲给他倒了一小杯黄酒，说："来，陪我吃螺蛳，喝两口。"看到父亲期盼的眼神，他犹豫了下，一口把一小杯酒喝尽了。食道里瞬间热腾腾的。父亲赶紧让他喝了口汤。他抹了抹嘴，炒螺蛳依然没碰，又匆匆离席看书了——他把时间看得很重。

他自然没有料到，翌年开春，父亲一病不起，不久，离世了。

多年之后，他也身为人父了，对自己父亲的思念、歉疚愈发强烈，那种"子欲养而亲不待"的痛，一直纠结。每次想起父亲在世时，只要炒螺蛳，他不仅不碰，而且吃饭快到像要赶火车，把父母都扔在站台上似的，就难受，就后悔。当年怎么就那么不懂事呢？古时卧冰求鲤的故事，他都记得清清楚楚的。可根本不需要他卧冰求鲤，让他喝酒，吃螺蛳，他都没能让父亲称心如意！所以，连续几年的这一天，他都会多炒一个螺蛳，喝着黄酒，还给父亲放了一副碗筷和酒盅，想和远在天堂的父亲好好聊聊。

儿子长大了，他把儿子送到了国外读书，妻子也去了。怕儿子把中华文化都忘干净了，他还时不时给儿子寄点国学相关的书。儿子在外学习不赖。去年生日，他接到了儿子发来的微信："爸爸生日快乐，祝身体健康，万事如意！"虽只短短一句话，语句平淡，他都高兴了好一阵子。儿子也20多岁了，开始懂事了吧。

去年的冬至，也是一个雨天。儿子假期在家。晚饭时，他特意多炒了一个螺蛳。他对儿子说："坐下来，喝一杯吧。当年爷爷就喜欢吃炒螺蛳，喝黄酒。"儿子回道："几位同学在等着我呢。"说完，儿子拿着伞，推开门，就冲了出去。外边雨声哗哗，他默默看着儿子离去，无奈地摇了摇头。

没想到，今天又是同样的情形。下午出门时，他就曾叮嘱过儿子，晚上在家吃哦。他分明看到儿子瞥了他一眼，轻轻地"嗯"了一声的。眼下，儿子却又撒腿走了，他站在窗前，看着窗外雨雾迷蒙，天色渐渐昏暗，无语凝噎。

　　半小时后，门被拉开了，儿子带着一阵风雨，跨进了门槛，手里提着一个塑料袋。他接过，塑料袋里一个餐盒，取出，热乎乎的。打开一看，是香味入鼻的炒螺蛳。

　　"我是上对面饭店买的，"儿子抹了抹头发、脸颊沾上的雨水，说，"黄酒倒上吧，爸，今天我哪都不去，我陪您，吃炒螺蛳，也聊聊爷爷，聊聊您想说的话题……"

　　他眼眶一热，赶紧转过身去，捏起一只螺蛳吮吸，支吾地说道："嗯，真香。"之后，好半天说不出话来……

（原载于2020年5月27日《新民周刊》）

走在前头的人

这是老罗讲述给明人的一件事。

那天，到了午饭点，老罗在办公室里吆喝了一句"到餐厅吃饭去"，把大家都吓了一跳。

"老罗，你是不是在说梦呓呀！"花工似笑非笑，话中带着点嘲讽的尖锐。

"听说，曲总这两天早就到餐厅用餐了。"老罗口吻中有委屈，"他是最早进餐厅的，一人一小桌，吃得有滋有味。有几位公司高层也去了。"

"开小灶吧，弄得老罗也眼馋了？"花工不失时机补了一"刀"，"做了妈妈后，我更有责任感了，就更怕。可不能随便，万一染上病毒……"有人跟腔："这倒是。新冠病毒，惹不起，得躲得起。"

一群人七嘴八舌展开辩论。花工又道："老罗，不是我对你有意见，我是觉得咱们曲总挺有意思的，他的人品和业务能力顶呱呱。不过，他到底是一个胆大还是胆小的人呢？你想，春节前大家要聚餐，一年一度嘛，人之常情，曲总不答应。我们说，是大家凑钱，不用公家的钱，他也说不行……"

"他不是说了，病毒流行，还是不聚为好。"老罗插话。

"那时离武汉封城还差两天，人家河南一个企业代表团来考察，他让人家吃盒饭，还安排在空空荡荡的大会议室吃，说餐厅人实在太多了。"

"他也是为大家好。"

"可他蛮早就戴上了口罩，拿了饭菜端到办公室吃了，和之前完全不一样。这不是胆小是什么？自己只管自己，不够意思。哎，其实我没其他意思，只是看他节前带头不去餐厅，就知道他胆小如鼠，'保身架'保得厉害。"

"我告诉你吧，曲总一月中旬便向餐厅提出了错峰吃饭，包括在办公室用餐。我们不是在武汉封城宣布的前一天，就实施了吗？"老罗停顿了一会，又说，"另外，我们这捐口罩支援武汉的第一人，也是倡议者，就是曲总，这你不否认吧？"他向花工发问了。

花工连忙点头："事实如此，我何必否认呢。可是，我想不通呀，这第一个要关餐厅的人，怎么又第一个要上餐厅呢！不是说，要屏屏牢吗？"她的那双丹凤眼里，盛满了疑惑，看来不是故意与老罗抬杠叫板。

办公室门口站着一个人，不高不矮，不胖不瘦，国字脸上眉目分明，神情自若，面带微笑，抿着嘴唇。老罗脱口而出："呀，曲总来了！"众人皆惊，花工也一愣，面呈几分窘迫，她的话，曲总一定听到了吧。

曲总环视了大家一眼："大家可到餐厅用餐，放心，隔两位而坐。

防护措施还是要的。不放心的，也可暂在办公室用餐。"他目光扫向花工，"该关时得关，该用时要用，就如时下复工复产和复市，要有人带头，以点带面呀。哦，这不是我胆大或胆小，这既是我的责任，也是明摆着的现状。是吧？"

"是呀，去餐厅吧。吃出高考的感觉来，不用担心的。哦，花姑娘，你请便。"老罗笑呵呵地说了一通。

"去！我才不担心呢！"花工含嗔笑骂了一句。

讲完这段办公室的故事。老罗问明人："你说，我们这曲总老走在前面，靠谱不靠谱？"

明人拍了拍老罗的臂膀："你们应该庆幸，有这样一位领导呀！人家不是胆大胆小的问题，人家是有意识和胆识！"

（原载于2020年3月25日《新民周刊》）

一品食享

　　小区不远处，有一家网红店，名叫一品食享，据说天天人气爆棚。罗昊教授又从澳大利亚回来了，国庆那天，邀请我们几个老同学聚了个餐，选的就是这家。

　　餐厅布置得相当雅致，过道和包房里摆设的收藏品，不是时下顶尖的琉璃、瓷器，就是有些年代的名家古玩。包房五六个，一层一两间，客人不太容易照面。冷菜六碟，一上桌就夺人眼球：少而精致，色彩搭配考究，摆放也颇具艺术气息，味道也不赖。大家啧啧赞叹。罗昊得意了，说："这家店可以吧，我的鼻子特别灵，在网上看见，特意来品尝过。"

　　"你就是一个馋猫呀，馋猫鼻尖呀！"明人一说，罗昊和在座的几位老同学都呵呵大笑起来。

　　"这个，我问一句，价格老贵的吧？"老A说了一句，"我是工薪阶层，每月工资都上交老婆的，我说实话哦。"同学老B也插话道："我是个体炒股户，眼下股市不景气，我也想问一句，这家店，不

'斩'人吧？"

"哪里哪里，这家店价格讲得过去，请老同学吃这点东西，真是毛毛雨啦！"罗昊教授笑嘻嘻地说，场面上也就愈发热烈起来。

这时上了菜，托着盘子的服务生，把位菜逐个放在各位面前，是汤盅，热乎乎的，像是瑶柱汤。明人用汤勺舀了一勺，送至嘴边，缓缓地尝了一口，不烫，挺鲜美。看见老A用自己的筷子揀了一块虾肉，放在嘴巴里嚼着，那神情也是美滋滋的。罗昊客气，是最后一位上菜的，服务员还没给到他。他笑着问："味道不错吧？"明人他们纷纷点头。

这时，从外面匆匆走进来一位服务生，也托着盘子，上边是与其他人一样的白色镶金边的汤盅。两位服务员咬了咬耳朵，先进来的服务员连忙打招呼："哟，送错了，不好意思，你们是这个。"她指了指后边的服务员手上的托盘，开始收回已搁在桌上的那些汤盅。

明人说："哎呀，我们吃过了。"老A也说："是呀，都动过了。"服务员迟疑了一会儿。罗昊说："要不就把这汤放这儿吧，算我们点的。"另一位服务员向旁边的那位使了个眼色，那位服务员连忙说道："哦，他们那边也在催促了。"说完，又要端起明人眼前的那盅汤。明人想阻拦，又觉得一时说不出什么话儿，眼见着一盅盅汤被收回，另一盅盅汤被搁桌上了。打开盖子，确实不是同样的汤。罗昊点的汤更好，老A脱口而出了："佛跳墙呀，你想让我们大补呀！"

大家又恢复刚才的气氛了。想想不对，明人说道："我们都动过了，再给人家，不靠谱吧。"罗昊说："别管他，反正不是他们尝了，再给我们的。这汤究竟如何，够得上一品吧？"

老A、老B嘴里嚼着东西，声音含混："是一品、是一品。"明人被他们感染，也咀嚼起了一只软而不腻的海参。

几日后，明人碰上一位老朋友，也是一个饕餮之徒。明人和他聊起刚去过的一品食享，问"这家店去品尝过吗？大众点评上评价也不错"。

　　那位老友说："我去了，菜品倒是不差，可店德绝对下品。"

　　"这怎么说？"明人疑惑。

　　"那天国庆，我们点的是瑶柱汤，他们送来了佛跳墙。我们都吃了几口了，他们却说送错了。本想将错就错，让他们店赔的，却硬从我们嘴上夺下了。我们只能催他们把我们点的快送上……"

　　他又说："幸亏是我们占了便宜，不然，吃另一桌吃过的，不就惨了吗？"

　　明人翻了翻眼皮，忽然感到一阵恶心。

（原载于2020年3月22日《新民晚报》）

饭局有惊

"咦，刘兄上哪去了，这么久不回？"老同学奚兄嘀咕了一下，明人才发觉斜对面的一个座位，已空置许久。是那位由字脸、厚眼袋的刘兄，开喝不久还滔滔不绝的，为他的眼袋辩护。奚兄说："你老兄眼袋越来越厚了，不会是夜生活很丰富吧？"奚兄语带调侃，这是他带来的朋友，据说是很多年前的老邻居，这般话语，也足见他们之间的熟稔程度。

那位被称为刘兄的"厚眼袋"笑模笑样的，一点也不生气，只是不紧不慢地说道："这你就不懂了，我本来就是卧蚕眼，卧蚕眼懂吗？那是天生的，是美帅的一个标志，没听说英雄、明星有了卧蚕眼，就更酷更靓？！"

"哟，你的'卧蚕'我之前怎么没发现呀，六十多岁了，倒长得饱满而圆润了，返老还童啦？"奚兄又笑着奚落了一句。

"你还真不懂，韩国女明星宋慧乔，你喜欢吗？"刘兄的由字脸红光满面，也许是几盅白酒催发的缘故，脸上还带着微笑，下眼皮的那并不紧实的线形肉袋，愈发凸显了。

　　"喜欢呀，怎么啦？你介绍我认识？"奚兄嬉皮笑脸地说道。

　　"做你的大头梦吧，我告诉你，告诉大家，人家大明星长的就是卧蚕眼，还有一句话，叫作美女不长卧蚕眼，怎能撩汉呢。"说着说着，刘兄自己咯咯地笑咧了嘴。那线形肉袋也就跟着颤动了。明人看得一清二楚。他也看得出，这人是在说笑呢，于是，也咯咯笑了。

　　刘兄的诙谐幽默，倒是让大家领略了一番。

　　可现在这个刚刚认识的新朋友，竟然半天不见人影，明人连忙提醒奚兄，赶紧找找他。

　　奚兄说，也许上厕所去了。他起身去推厕所的门，门没锁，轻轻开启了，里边却空无一人。

　　奚兄又拨了他电话，餐桌似乎微微抖动起来。一部华为手机屏幕显亮，上边是一行奚兄的名字。刘兄的电话搁在这儿了。

　　"咦，他可能还有一部手机吧。"奚兄自言自语道。又在自己的手机上划拉了几下，并把它凑近了耳畔。没想到，那部华为手机又抖索闪亮了，屏上显示的，还是奚兄的名字。奚兄皱了皱眉："这奇了怪了，他会到哪儿去呢？"差不多20分钟过去了。"他难道还有一桌朋友在隔壁？"明人问。"不可能呀，这你定的地方，我下午临时叫上他的。"奚兄道。"不会去用大堂里的厕所了吧？"明人说着，自己就迅疾站起身来，快步走出了包房，走向了大堂。单人用的男厕所的门，果然紧闭着，他敲了好几下，急促而又震天般响，里边都没有应声。他心里喊了一声：不好！对随后赶来的奚兄说："快叫服务员拿钥匙！"两位服务员也闻讯赶来了。其中一位敲了敲门，也不见有回音。明人急了："你快去拿钥匙，不然，我砸门了！"他催促着，同时盯视着奚兄的双眼：

"这位刘兄不会有心脏病之类的病吧？"

"没听说过，我也好久没见他了。"奚兄苦笑了一下。

明人没时间责怪他，心里一团火憋着。要是这人有个三长两短的，这饭桌上的每个人都是跑不了的，作为做东者，也是召集人的明人，更得担当主责。这法律都明文规定了。何况这事传出去，对都有一官半职在身的明人和奚兄等，都不太妙呀！

明人脑子里这么沸腾着，眼见服务员还站在那儿，真想呵斥。那服务员说，里面的人是他们店里的。

明人趋前，又敲了几下门，听见一个男声的"嗯嗯啊啊"的声，虽有些含糊和隐约，但应该是一位年轻人。他瞥了瞥奚兄，对方也摇了摇头。

"那他会去哪儿呢？"他们愁眉不展，在大堂，走道又紧张地扫视着。回到包房，另几位老同学都索然无味的神情，那位刘兄的位子依然空空如也。

有位老同学站起了身，抱歉道："我后边还有点事，要先走了。"又有一位也立马相应："我太太还在楼下开车等我呢，要去看老家来的一位表叔。"

明人顾不上他们，只是让他们稍等片刻，又蹿出包房，急急地寻找着。

大堂经理告诉他："你们包房有一位客人，几分钟前还在走道上走来走去呢。"

"他现在哪里？"明人迫不及待地问道。大堂经理也两眼茫然。

明人焦躁而失望。真没想到，今天老同学难得一聚，竟会发生这样的情况。千不该，万不该，奚兄还带来了一位他们陌生的人员。六十多岁的人，喝了几盅酒，发生点事也是大有可能的。此时此刻，他颇为恼怒，又十分迫切地渴望看见那个由字脸，还有自称卧蚕眼的厚眼袋的老头，那一张自信而又好笑的脸。

忽然，奚兄叫了一声："刘兄，刘兄！"明人循声望去，奚兄目光所至之处，店堂的楼梯口，刘兄的身影出现了，神情平静从容，面对匆匆迎来的明人、奚兄他们，还有点不知所以然。

刘兄说："我习惯喝了点酒后，散一会步。"

明人哑口无言。这似乎也无可厚非，各人都有自己的习惯和嗜好。只是，明人扪心自问，以后这样的饭局，他还敢轻易出席吗？

（原载于《金山》2020年第2期）

特殊的红包

年初一下午，打开邮箱，明人睁圆了眼睛：又是一个红包！掏出来一看，又是一只洁白的口罩！真是奇了怪了，这已经连续三天了。每天傍晚，去取当天的晚报，邮箱里总会出现一个红包，真不知是哪位爱心人士所为，这让明人颇费猜测。

他问过太太，太太说，也许是居委会发的。"哪有这么个发法的，当是每天送餐呢，一天一个红包？不过，当下病毒挺猖狂的，口罩挺紧缺的，这也送得是时候。"

不过，明人是讨厌戴口罩的，戴一会儿，就觉得憋闷，透不过气来，即便是眼下形势吃紧的"防疫"期间。他把红包揣进兜里，回家就搁抽屉里了。

晚饭后出门倒垃圾，在楼道口迎面碰上邻居胡老伯。平常他们接触虽不多，关系还不错的，可这回，大半张脸都被口罩捂得严严实实的胡老伯，和他远远地点了点头，脸色不太好看，快到面前时，竟然侧身从他身边走过，什么话都没说。

明人很困惑，回家又追问太太，是不是他出差那段时间里，有什么地方把人家惹毛了。太太再三咬定，不可能呀，胡老伯春节前还送来了他自己写的春联。这明人回家就见过，是老人的自创体。太太说，他还送了一碗亲自包的饺子呢！这饺子以前也送过，明人很爱吃。太太还补了一句："他还问候你呢，说你不在家吗。我说你出差就回。胡老伯说，你辛苦，有一官半职的，不容易。"

明人不作声了。当天他做了宁波汤圆，嘱咐太太给隔壁胡老伯送一碗。太太去了，不一会儿就回来了，刚端去的碗还在手上，那十来只搓得圆滚滚的汤圆，也还在碗里。明人纳闷了，这是怎么回事，胡老伯恰巧家没人？

太太脸色不悦：胡老伯很怪，坚决不肯收，门只开了一条缝，戴着大口罩，连说几声谢谢，就把门关上了。

明人想，胡老伯平时挺客气的，这回究竟怎么了？不会是嫌送得多回得少了（送饺子是用这个碗，汤圆也是放的这个碗，作为正常的回礼），他看起来似乎有点不高兴……但他不是这样的人，也不会因此斤斤计较呀！明人百思不解。

晚饭后，明人想通通风，就去把房门打开了，正巧对门的胡老伯也在楼道上，两人面对面的，一时没避开。戴着口罩的胡老伯很快就转过脸去。但很快又侧转了一点，问道："你是从哪回的？"明人诧异，说："从海口机场呀。"

"哦，果然是。"胡老伯朝他翻了翻白眼，旋即转身进屋了。

当晚，邮箱里又有一个大红包，里面竟装了三只口罩！

有一张纸从红包里飘落在地。明人捡起一看，上写一行字："您从汉口回，如无异常，应居家隔离，出门戴口罩。"

这字体歪歪扭扭的，可是透着一股苍劲有力，这是他见过的字体。明人拿着这张纸，思忖再三。他忽然明白了，这是胡老伯执拗地在提醒他呀！

他戴上了口罩。还把口罩钱塞进了信封，搁在胡老伯家的邮箱里。信封里也有一张纸，写着："谢谢胡老伯的提醒帮助。我出门一定戴口罩。还有，可能我吐字不清，把海口机场，说成汉口机场了，上海话这'海'和'汉'发音太相近了。抱歉啦。我身体挺好，您也保重。"

这个漫长的假期，明人有一天出门，又在小区门口碰到了胡老伯，他在做志愿者，给进入小区的人员测温。胡老伯和明人打了照面，虽然戴着口罩，露出的眼睛里，看得出笑意盈盈。

（原载于2020年2月23日《新民晚报》）

彬彬抓"特务"

睡梦中，彬彬仿佛听到隔壁有开门声，还有钥匙的清脆而轻微的碰撞声。他不由得警醒了，竖起了耳朵。

白天，就听见有人在敲隔壁的门。敲了好久，都没反应。彬彬开了房门，探身望去，认出是居委会的张阿姨。张阿姨问他，这几天隔壁有人住吗？彬彬摇了摇头，不是说没有，是自己真不知道。隔壁房间属一位湖北业主，不常来，他们也互不相识和攀谈。这是这类不算低档的商品房小区的特点。

张阿姨说："疫情当前，每家每户都得核查，若有情况，也请报告我们居委会哦，谢谢你。"说完，又紧了紧自己的口罩，与另一位阿姨坐上电梯，下楼了。

彬彬想到这一幕，就神经绷紧了。他仔细侧耳倾听，似乎有窸窸窣窣的声音传来，他轻手轻脚地下床，走到门口，从猫眼里望去，外面黑乎乎的一片。又缓缓把门启开，借着屋子的微光，朝过道张望，也不见任何人影。

他关上门。床上的手机响了一下。他拿起一看，是父亲发来的："彬彬睡了吗？自己在家当心点。"他立即回答："刚睡。您在单位多保重。""放心，儿子。妈妈给你发微信了吗？她支援武汉，更累。你要多发微信问候她哦。"父亲又发道。"明白。一小时前，她也回过我微信，说目前挺正常，就是病人多，忙得不可开交。"彬彬和父亲又聊了两句，放下手机，睡意已全无，睁着眼睛，想着心事。

这个春节安安静静的，却一点也不太平。病毒把人心和正常欢庆，都搅乱了。先是身为医生的母亲大年夜，就随医院医疗队赶赴武汉了。后来父亲也天天上班，他是公安的一位干部，这个时候，不可能闲着。正念高一的彬彬，差不多一个人待着，看书、上网、做作业，这十来天，连门槛都没迈过。在网上喊为武汉加油，也捐赠了自己的一点压岁钱，此刻他真有点憋得慌，也想再做点什么，坐在床上愣怔了好久。

他剪了一条手指宽的纸片，蹑手蹑脚地出门，楼道冷丝丝的，毕竟还是早春二月初。走到隔壁房门处。他把纸片塞进了门缝，正巧搁在锁舌上，外边几乎看不出，仔细瞅，才看出一点白色来。他回到家，微微一笑。自己竟像父亲一样，做起这种侦察的活儿，想出这一招。也许是文艺作品看多了，或者，是受到父亲的耳濡目染？

他是第二天早上去查看的，反复瞅，就是没看见那张小纸片。他确认，门被开启过了。他随即打了电话给张阿姨。张阿姨他们很快就登楼了，敲了门，又是半天没人应。张阿姨疑惑地看着在自家门口站着的彬彬，彬彬没吭声，只是坚决地点了点头，表示肯定有人。张阿姨又敲了一会，才有点失望地准备走了。彬彬悄声说道："没错，人肯定在。还有，你们可以看看小区的监控探头的，他们深夜进出过。"

张阿姨说："我们来前，已查看过了，有一对中年夫妇半夜从门洞进出，还在小区散了一会步。但他们上楼时，没坐电梯，吃不准他们是几楼几室的。"张阿姨带着遗憾，叹了口气。她向彬彬道了谢，就与随行的人，一起走了。

彬彬早饭吃了一半，都凉了。他坐着没挪动，似乎一点食欲都没有。他断定这对夫妻就在屋里，只是坚持不开门，居委会也不能强制打开居民房门。他心里气恼。这应该是重点疫区来的，现在小区人人都要排查和测温，躲在屋里，是怕被查到吧。这也太过分了。他一定要让他们"亮亮相"。

他苦想冥思，搁在床头上的"鼠小宝"，也愣愣地盯着他。终于，他眼睛一亮，又想到了一招。他把玩具拆开了，小心取出了其中的芯片和扬声器。他把它们悄悄地、巧妙地塞在了隔壁房门口的垫子底下。然后悄无声息地回家了。

还是昨晚上那个时间。他早就将自家的门虚掩着了，在靠门的沙发椅上坐着看书，也等待着那个时刻。果然，差不多的时候，音乐声骤然响了，打开门，就见一位妇人惊慌地后退着，像踩踏到了什么怪物，紧随她身后，身子还在玄关的中年男子，也一脸懵懂。

他们看见彬彬出来了，这时再也关门也来不及了。音乐声还在垫子底下顽强地响亮着，他们的脸色也是尴尬加悻悻然。

张阿姨又赶来了，既严厉又好言好语与他们交谈。原来他们真是来自重点疫区的。他们误以为被发现，就会被驱赶，所以不想暴露现身，只是在房间里憋得太久了，半夜里偷偷给自己放个风。"都讲，上海现在在抓特务。"

彬彬笑说："你们理解错了，我们共同的敌人是病毒，病毒才是特务，不是你们自身。"

他们听了连连点头。经测温检查，无异常，他们表示居屋隔离到规定日子，一定不出门。

彬彬说："如果有啥需要，就跟我讲，我住隔壁，方便。"

武汉中年夫妇都双手作揖，深表感谢。一股暖意，在寒凛的楼道飘漾。

（"博爱"杯第五届全国微型小说征文获奖作品）

狗刨式

老魏正倒茶呢，桌上搁着的手机响铃了。他有点恼怒，也挺兴奋，退休大半年了，总算有人来电了。

接电话一听更高兴了，是机关党委小甫。"魏处长，我们都想您了！快'五一'了，市直机关组织游泳比赛，退休老领导、老同志特邀参加。他们都说您会游泳，要请您出山，代表我们单位去比试比试。"

老魏咧嘴笑：这帮年轻人，连我会游泳都记得这么一清二楚。嘴上却说："一把老骨头了，好多年没游过了。"小甫快人快语："您是老法师，再说游泳这活儿，不会这么容易退化的！告诉您吧，连老俞副局长都报名参加了，人家才真叫不会游呢！"老魏忍不住扑哧一声："老俞？蛮有胆量的！他当是副局长公开竞聘呀。""所以呀，您老还不报名，就有点对不起我们广大人民群众的期盼了吧？！"

当年上头忽然说要在局里改革试点，竞聘副局长上岗。老魏和老俞都是有点资历的处长，竞聘这个职位似乎都有资格。可当时报名单上，只有老俞和另两位处长签上了大名，老魏迟迟未报。后来，有领导，也

有几位职工撺掇老魏报名，说"您不报名，就有点对不起我们广大人民群众的期盼了"。此语不知怎么传开了，老魏犹豫再三报了名，但看着老俞他们一拼到底的架势，他不愿死扛，主动退出角逐。不少人觉得惋惜，老俞最后虽竞聘成功，然水平实逊色于老魏，只是那股子执着不输人。

老魏又回忆，多年前，小魏和小俞先后调任机关不久，几个年轻人一块到厂里的露天游泳池，大家准备比试比试。小魏的泳姿优美舒展，自由泳、仰泳、蝶泳都会两下。小俞的动作就太不协调了，狗刨式，手臂打水，每次都溅起水浪，把边上不太会游的朋友吓得避老远。从东端"挣扎"到西端，小俞艰难地游到了小魏身边，从水里抬起头，抹把脸，自己也觉惭愧……总之，就老俞那样，还想游泳比赛？"我报名！"老魏对着手机那头喊道，在家憋久了，该到外边活动活动了。

比赛在市里新建的举办国际大赛的泳馆里进行。老魏见到老俞了，他气色不错。平常忙什么呢？两人互相寒暄。老魏说，在家闲着，品茶看电视。老俞说，晨练、读书、带孙子，过着孙子般的日子。赛前，两人也都在水里活动比画了几下。老魏注意到，老俞还是那种狗刨式，张牙舞爪，难看极了。

裁判一声令下，比赛开始。老魏好久没游了，手腿有点不听使唤。行程过半，反身回游时，老魏用余光扫了一下两侧，大吃一惊，隔着一条泳道的老俞竟然和他差不多并驾齐驱，其手臂击打水面的声响，响亮灌耳。老魏忙使足了劲挥臂蹬腿，心里想，不能输给老俞。可是，稍游片刻，手臂酸痛乏力，行进速度远不如年轻时那么迅疾自然。老魏硬撑着，几次想停下休战了，最终还是坚持到底，触碰到坚硬的池壁了。此时，老俞早已在终点脱了泳帽，向他挥舞着。

这狗刨式，居然真摘到了桂冠。老魏拉住老俞，要问个究竟："你吃人参的啊？"老俞目光里闪动着善意的爽直，呵呵笑道："哎呀，你这老伙计，技术比我好，就是缺乏耐力，竞聘副局长如此，游泳呢，也是如此！我这几十年，每周都游泳，退休了天天游，你呢？好多年不下水了吧？"

老魏胸闷了一会，终于也自嘲地笑了。

（原载于2019年12月18日《新民周刊》）

一团和气

考斯特面包车在戈壁公路飞驰。漫长而又少有奇观的路，打牌是消磨时间和排遣枯燥无聊的好办法。他们打的是"大怪路子"，一种类似"争上游"的纸牌游戏。

领头的是刘副总。此人五十多岁，是集团副总，自称已到天花板了，无甚期望了，只求踏实把工作搞好。话虽这么说，有时也挺较真，脾气也大。上回领导就扯了扯他的袖子："人家反映你爱批评人，连打牌也常常斥责别人。这你要注意呀。"领导说得言简意赅，也语重心长。他听了也魔怔了好几天，最后痛定思痛，悟透想通了，何必呢？自己这么较真！

刘副总变得和颜悦色了。同行的几位部门经理也觉得刘副总变了许多，这一路打牌，再没见过刘副总疾言厉色和气咻咻的模样。以往，那是不敢想象的，与刘副总打牌多少有点胆怯，最怕的是与他做搭子，稍一出错牌，他必把你骂得狗血喷头。

这次，方经理、胡经理、周经理他们都打得轻松散漫。刘副总也时不时还眺望窗外迅速后退的几株孤独的胡杨，以及更多的那广阔的不毛之地。

大家互相也不指责了，之前的争强好胜、锱铢必较，甚至脸红脖子粗的情状，在这一次的纸牌大战中，竟然都销声匿迹了。方经理有一回出错了牌，而且是打出的臭牌，刘副总张了张嘴，最后没发出声，只是瞟了他一眼，那目光是散淡的，没有任何怨气的堆积。胡经理、周经理他们是一伙，打得懒洋洋的，胜负比分与刘副总他们一拨不相上下，刘副总没有生气。周经理、胡经理他们也并不介意，似乎，这个成绩已是浑然天成，他们并无哀怨，也无嗷嗷叫的不服之势。

刘副总其实心如明镜，耳边回响领导的意味深长的告诫，他也就愈发睁一眼、闭一眼了。和他做搭子的几位频频出错，打了好几次臭牌，他憋着没说。挨着自己座位的胡经理，还时不时瞄一眼刘副总手擎着的扇面一样的牌阵，刘副总竟然也忍了，最后一副，应该快到点了，大家打得疲疲沓沓的。周经理竟然不知何时掉了一张牌在地上，也不捡拾，刘副总也是微微一笑，未言任何追究或斥责之辞。

这牌打得一团和气，大家木偶似的打牌，场面安静了许多，输赢如何，比分多少，都记不真切了，也没人在乎计较。有的人竟然昏昏欲睡。抓在手上的牌，撒落几张在地上。

最后应该还有时间来一轮的。连刚学的，正特别有瘾，每次上车嚷着要打牌的胡经理都不吱声了，没人提议，自然也没人附和了，大家坐直身子，无精打采的样子。牌战在此种状态下，竟偃旗息鼓了。

到了目的地工地现场，刘副总发觉大家像打牌一样萎靡不振，话不多，也许有点累，也许失去了激情和竞争氛围。他不好批评他们。领导言犹在耳。

　　当晚，刘副总也早早睡了。很快，就发现工地出事故了，警察带着明亮的手铐向他走来。他骤然从梦中醒来的，惊出一身冷汗。他想他真正失职了，他把长期以来的严管厚爱和激情担当，给忽视了。今天车上的牌场，多像集团机关一样和气融融，却已无进取之态，这是多么严重的事情呀！

　　他睡不着了。他决定了，回去后，马上就找领导谈谈，他坚信整个企业应该有一种昂扬向上的精气神，应该有批评，有督促，也有激励。

（原载于2019年12月15日《新民晚报》）

早到者

老张的儿子小张，到公司工作没两年，就被总裁看中，调到总裁身边任职了。传说沸沸扬扬，有的人断定小张是有来头的，也许总裁早就认识他了。

周末，在邻居老张家里茶叙，明人也颇为好奇地询问小张。

大学毕业的小张和他爸爸老张一样，也是一个实诚人。明人算是看着他从穿着开裆裤，长成一个男子汉的。

小伙子莞尔一笑："这真的还是要感谢我的爸爸，没有他，就没有我的今天。"

明人笑了："那你说说，这么多优秀的年轻人，你是怎么脱颖而出，或者你爸爸出了什么绝招？"

小张说："你知道爸爸平常对我怎么要求的，除了这些之外，其中有一个好习惯，我因此受益无穷。"

"什么习惯？"明人发问。

"他告诉我，任何工作安排，都要比通知要求，再提前十分钟到。

爸爸坚持要我这么做，并说，坚持数年，必有好处。"小伙子模仿着老张的口吻，把明人都逗笑了。

"我真的按爸爸的要求做了，上班，别人都八点半到，我必提前十分钟。外出开会活动，我也按约定的时间，提前十分钟到。有一回，单位集中到市图书馆活动，大家都掐着时间，从单位分别出门，我中午早十分钟就坐车去了。后来一场雷阵雨从天而降，好多人都迟到了，而且淋得像落汤鸡，只有我一人准时到了，衣冠楚楚，早到的公司领导都向我跷起大拇指。"小伙子轻轻一笑。

"不会是这次就被发现了？"明人专注地问道。

"哦，这也不是一次两次的机缘。不过，有一次，恐怕给总裁留下了深刻的印象。"小张呷了一口茶，继续说道。

"那次周日，公司接待一家大客户，我们部门也被通知加班。说的是上午十点。接待人员必须在九点半前到，我按惯例，早出门，路比较顺，九点多些就到了。进门不久，一男一女两位衣装、容貌不俗的客人就到了，他们在公司大堂站着，只有一位前台应付着。这场面挺尴尬。我赶紧迎上去，和他们攀谈，得知他们就是大客户董事长和他的太太，又迅速把他们引至贵宾室，沏上茶，陪他们聊了好几分钟。随后，总裁也赶到了，一看这场面，连连致歉，说失礼了。那老板说：'是我们来早了，和这小伙子聊得不错。'第二天，总裁就让人把我找了去，在他办公室里谈了半小时，我明白生意谈成了，他高兴，也对我上了心。不久，总裁秘书高升了，我则被他选中了……"

"成功实非偶然，是你的早到习惯，发挥了效应呀！"明人感叹道。

"岂止是这些呀！我老张的家，和你小子的生命，也都得归功于这提前量呢！"端着水壶的老张，已站在客厅里了。

他一说，明人又心生诧异了，这里有故事吗？

不等明人追问，老张就开腔自述了："当年我追他妈，第一次约会，说好晚上七点碰面的，可她家人硬是为她安排了下一场相亲，当时又没手机BP机之类的，通信不畅，她那只是出于礼貌就先到了，心想，到六点五十分不来，就走人。见不着就不见了。偏偏她要转身离开时，我出现了，我有任何活动都早到的习惯，何况这是一次梦寐以求的约会呢！"

"这一点，你就打动了嫂夫人？"明人笑道。

"当然不止这一点了，但由这一点开始，从此一点点，她就往我这边靠了……坚持数年，必有好处呀！"老张说完，朗声笑了。明人和小张也跟着笑起来。

（原载于2019年10月20日《新民晚报》）

秋 夜

　　明人在小区快走健身，穿越喷泉边上的小竹林时，听到了那个女孩的嘤嘤哭声。他停住了脚步，朦胧的灯光下，他看见女孩捧着脸，坐在石凳上，独身一人，哭得很伤心。他迟疑了一会儿，走开了。出了竹林，碰到了巡逻的保安，说了这件事。那保安说，这个女孩她是在一户人家做保姆的，和我们的一个物业维修工谈恋爱，维修工跳槽了，也把她蹬了。

　　原来是失恋了，难怪如此伤心。此时，应该有个过来人去劝劝她的。外来妹在大都市生活，也是不易的。正边走边想间，就见一位老太颤颤巍巍地蹒跚而来，手足明显不协调，一位白发老头扶着她的臂膀。明人在小区时常看见这位老太。也都是这白发苍苍的老头搀扶着她，在小区缓慢行走。

　　他们缓慢地走到了竹林边，竹林里路径狭窄，路面凹凸，此时夜色又是黑漆漆的，不便行走。他们往竹林里张望着，表现得颇为焦虑。

　　明人赶紧走了过去："老伯伯、老妈妈，你们要帮忙吗？"

"噢，噢，我们在找我家保姆，说是在这里面，你能帮我们找找吗？"老头说了一句。

"谢谢，谢谢您哦。"老太则吃力却十分恳切地表示意愿。

"没关系，我去劝她出来。"明人走进竹林，走近女孩，尽量轻声委婉地对她说道："你别哭了，老伯、老妈妈都在找你了，他们很焦急。"

女孩好半天才止住哭泣，往林子外瞥了一眼，用手背抹去满脸的泪水，却犹豫着，不动身子。

明人又一再劝道："再怎么样也别让老人们着急，这秋夜天已变凉，老人们也不可室外久待。"如此这般地劝说着，女孩抽泣着，还是一动未动。

明人有点急了。刚想再说几句重话，就听见窸窸窣窣的声音传来。再转身，只见一对老人已一步步挪近了。他连忙先上前，去搀扶老太太。隔着外套，明人感觉到老太太瘦骨嶙峋的，身子正微微颤抖。

女孩又开始哽咽起来，声音里充满悲伤甚至绝望，老人站在她身边，爱怜地看着她。老太太的手轻轻搭在她的肩膀。

秋风凉冷，穿着单衣的明人禁不住打了一个寒战。他担心地望着这一对老人。女孩还在哭泣着。他们已站立了好久。

这时，女孩的哭声稍微收敛了一些。老太太叹了一口气，同时也带着慈爱神情地说了一句："孩子，没什么的，再大的事，都会过去的，一切都会好起来的。你自己要疼惜自己。"

女孩哽咽着，泪水在脸上流淌。

老伯也说了一句："走吧，孩子，我们会好好待你的。"

"走吧，孩子。我们回家。"老太太说道。

"可……可是，奶奶我对不住你呀！"女孩用手掌抽打着自己的脸，神情不无后悔。

"我知道、我知道，这算不上什么的，我相信你，你会懂事的，会好好做人的。"老太太一字一句地说着，说得很吃力，但很用心，也很动情。

渐渐地，女孩不哭了，慢慢站起身来，依偎在了老太太的怀里。

他们三人搀扶着、相拥着，慢慢走出了小竹林，踏上了小区平整的道路。

之后，明人才知道，老太太是位学校的老师，她几年内已两次诊出癌症，一次中风，但每次都挺过来了，坚强地活着。而那女孩曾在做修理工的男友的煽动下，把老太太给她的买菜钱克扣了一半，用在他们自己的吃喝玩乐上。女孩以为老头、老太都没发觉，但男友的绝情分手，和老人们对她的真心关爱，让她本已愧疚压抑的心，终于尽情得到了释放与解脱。

（原载于《东方剑》2019年第10期）

午夜时分

已逾子夜，街上早已寂静无声。她拖着疲惫不堪的身子，走回家里，家里无一人影。老公出差在外，女儿瑶瑶晚饭后赌气出走，显然还没回来。她原本气恼的心，现在满是担忧和自责。

其实，正念初中的瑶瑶还是比较乖顺的，读书成绩也过得去。母女俩常常姐妹似的聊天，但磕磕碰碰拌嘴，也像这南方城市的雷阵雨，来去迅疾。

今天周末，她特意烹饪了几个小菜，犒劳刚期中考试结束的女儿。饭桌上，为了芝麻绿豆的小事，女儿不开心了，她任着性子，多说了几句。女儿气鼓鼓地和她顶起嘴来，她火气蹿上来了："我养了你，给你吃、给你喝的，骂了你又怎么样，啊？！"女儿竟然眼眸朝她一瞪，转身摔门走人了。她气急败坏，情急中厉声喊道："你不要回来了！"女儿没有回音，也许嘟囔了一句，她没听见。但她稍后不久，就开始心慌意乱了。她发现女儿的手机扔在了饭桌上，女儿的卡其色风衣也耷拉在了沙发椅上，她摸了风衣的口袋，女儿的皮夹子还在里面。女儿只是穿

着一件单薄的白色打底衫，而且身无分文，独自外出了。

随着时间无声地流淌，夜色愈发深沉，她的状态如夜色一般愈发深黑，逐渐替代了她的气恼。女儿真倔，倔的脾气，和自己当年也挺相像。就这么不足挂齿的小事和几句气话，就好半天无声无息了。女儿不知道自己心急如焚吗？女儿不懂得她是如何疼爱女儿，就怕放在嘴里化了，捧在手上掉了吗？女儿若体贴她的这份心，也应该马上回来呀。

她满大街地去寻找。她相信女儿跑不远。她还敲了瑶瑶两位好伙伴的门。折腾了好几个小时，夜阑更深，她觉得自己都快崩溃了，她想打电话给远在他乡的老公，想报警，想告诉离这儿不到一站路的老母亲，但她都克制住了。这一切于事无补，甚至可能影响女儿和自己的声誉，她在家门口的几条大街上，来来回回，深深忧虑之时，也开始了强烈的自责。自己少说一句有何不好呢？！特别是最后一句，不是逼迫女儿，让女儿下不了台吗？当年，老母亲也数落过她，有两句话还挺重的，她听得烦死了，受不了，也是转身就出门了，还把门摔得震天一般响，中年的母亲在一门之隔的声音也传了出来，暴跳如雷的喊声："有种你不要回来！"她当时心里也直冒火，气呼呼地走了。其实，也就是一个人徒步到外滩逛了一大圈。夜色渐凉，她的心也渐趋平静了。她知道母亲是爱自己的，现在一定在焦急地等待自己，但她心里头有一种别扭和抵抗，她不想回去，至少不想这么快回去，她要自己清静清静，可是她也开始担心母亲过于着急，影响身体，或会做出什么令自己后悔的事情，毕竟她也15岁了，语文考试刚考过苏东坡的那首词，那句话令她对这人生和亲情有了某种深刻的触动："但愿人长久，千里共婵娟……"想到这，她也会对自己一气之下，摔门而走，泛起一种懊悔和自责。

她一个人踽踽独行，最后是警察叔叔把她送回了家。母亲倚着门框边，一脸的憔悴，仿佛一下子衰老了许多。

而现在她自己倚靠在弄堂口的那根电线杆上，后背紧贴着坚硬而又有点沁凉的铸铁管，仰望着星星稀稀落落的夜空，心里默默祈祷着，咸咸的泪水涟涟地流入了唇齿之间。

忽然她低下头，看见了母亲向自己走来，头发花白，又满面慈祥，步态有点蹒跚，可走得还算稳当。她终于憋不住，大哭了起来。扑向了母亲的怀抱。

母亲笑着安慰她，别担心、别担心，一切都好好的。

她抬起眼，母亲的身后，套着母亲一件老式开衫的宝贝女儿瑶瑶，噘着小嘴，似哭似笑地看着她。

她揉了揉眼，再睁开。她知道这不是梦，这是午夜时分真实的情景，心一酸，泪又愈发夺眶而出……

（原载于2019年9月15日《新民晚报》）

托 狗

　　下班了，办公室苟副主任接到王市长电话，让他晚上到王市长家里去一趟。

　　苟副主任心有忐忑。不知王市长找自己何事，还非得到自己家。主任位置一直空缺着，早就传说苟副主任是第一人选，或许，王市长要和他谈谈这个事？到领导家不送礼，也讲不过去，可送什么呢？苟副主任也颇费心思。

　　最后，他只带了一篮水果去的。实在想不出送什么。听说时下送礼金礼券的还有不少，可苟副主任是个老实人，胆子也小，不敢胡来。

　　没想到，王市长是交给他一项艰巨的任务，把自己豢养的一条巴哥犬托付给他。王市长说自己要出国培训三个月，托苟副主任临时照顾，对苟副主任，他信得过。

　　苟副主任虽不喜欢狗，可是王市长的狗，他不能不喜欢。他领命而去，保证坚决像待自己儿子一样，善待这条狗。

　　王市长临了还说道："这狗挺乖的，你看气质多高雅，也不咬人。"苟副主任点头称是。王市长要给他钱，说是托养费。苟副主任急赤白脸："这，我不能要。"王市长笑了笑："好吧，有情后补。"苟副主任听了也怦然心动。

苟副主任回家就走进宠物店，给这狗买了许多好吃的。对待这条出身名贵，又是王市长——自己大领导养的宠物，他不敢有一丝怠慢。

几天后，王市长出国，在机场却被拦下，且被带走了。这消息很快传遍了城市。有人说，这回王市长栽了。

王市长果然是被查了。单位好多人被约了谈话。苟副主任倒没轮上，可关于他的传言，也飘到了耳边。说苟副主任就是王市长那一边的人，这回想提，没门了。

苟副主任趴在老位置，又是数月，没出事，也没提任。他的心里却憋屈得很，白天上班不敢表现消极，要不闲言碎语更多。晚上回家，还要面对那条巴哥犬。说好只管这条狗三个月的，现在不知要到驴年马月，与这狗才有个了结。

巴哥犬幽幽地看着他，也不吱声。那条巴哥犬似乎也感到了什么，它更低眉顺眼，低声下气地讨好苟副主任。苟副主任想想来气，有时就啐它几口，让它滚开，恼火时还会朝这巴哥犬踹上两脚。他心里有气无处发呀！自己好不容易挨到一个提拔的机会，就这么黄了！

大约又过了三个月，事情有了巨大的反转。王市长无罪释放了。组织还出面，对他做了公正的评价。他官复原职。

那天深夜，苟副主任牵着巴哥犬，上王市长家了。王市长见他送狗来，特别高兴，巴哥犬见到市长，也欢快地迎了上来。一人一狗亲如父子。

苟副主任心里一暖，同时，也庆幸，自己终于挨到这一天了。

101

他期待着王市长对他的感谢，甚至回报。

忽听王市长对巴哥犬问了一句："在人家家里，没受到什么委屈吧？"只见巴哥犬一反常态，对着苟副主任大声吠叫，还猛地冲了上来，在他腿上猝不及防地咬了一口。

苟副主任顿感天旋地转，好半天木头般杵在那儿，傻了。

（原载于《东方剑》2019年第6期）

第三

辑

看不见自己影子的人

　　知道明人在搞小说创作，朋友尤说："我给你介绍一个人，是一位病人，很特别，你一定会有收获。"尤诡秘地一笑。

　　明人见到了那个病人，叫乔。远看像个病人，但近看，他眉眼清晰，有几分帅气，握住他的手掌时，感到他手骨硬硬的，目光直直的、亮亮的。

　　"他是一个看不见自己影子的人。"朋友说。这怎么可能呢？明人心里疑问。

　　明人与乔面对面坐下。乔神态自若，礼貌地问明人："我能抽支烟吗？"明人点点头。

　　点上烟，乔在缭绕的烟雾中瞥了明人一眼："你是不是怀疑我什么？"

　　明人忙说："怎么会呢？我只是想向您讨教，怎么才能看不见自己的影子？影子其实很让人讨厌的，扰乱人心。我知道您有这本事，我真仰慕不已。"

"您也讨厌自己的影子？您能吃苦吗？"乔一脸严肃地反问。

"您怎么指示，我就怎么做。"明人表现得很真诚。

"您要真想练，我可以教您，我知道您是作家，可以通过您告诉大家，我看不见自己的影子，这是一个事实。"乔很坦率，也很有逻辑。

明人笑了："第一步怎么做？"

"第一步，忘记您自己。"乔的语气不像是在开玩笑。乔吐了一口烟雾，烟雾弥漫开来。

"怎么才能忘掉自己呢？"明人小心翼翼地问。

"这得苦练，我是得空就坐在窗台边上，看街上的行人，看自己的同事，想他们的事、他们的苦乐，绝不想自己个人的事……"

"这得想多久？"乔还未说完，明人急不可耐地打断了他。

"得先练三年……"乔说。

"您现在还在练吗？"明人又问。

"当然喽，要不功夫就会全废了。"乔平静地说。

"那……那还有第二步吗？"

"第二步，忘掉阳光、灯光，所有一切的光芒。"

"这是什么意思？"明人不解。

"我师傅说过，黑暗下的善恶，与阳光下的善恶都是一样存在的，千万别被光芒迷惑，也千万别视黑暗为一切恶的深渊。光与暗本身是一体的，而这最重要的是，先要忘掉阳光、灯光等一切光芒，它们其实是在迷惑世人。"乔从容地应答。

"那怎么能忘掉一切的光芒呢？"明人问。

"那您就得苦练，用心练，天天练，睁眼练，闭眼练，练到白天与黑夜一样，练到阳光不晃眼，灯光不刺眼。"乔说得极为流畅。明人听着都傻眼了。乔的双目转向了窗外。天边，太阳高悬、炽热。乔的目光扫视过去，不见一丝躲闪。

"那第三步呢？"明人打破砂锅问到底。

"第三步，要在阳光和黑暗中一眼看出恶魔来，您的影子就看不见了。"乔把烟蒂掐灭，干净利落。

明人被眼前这位特殊病患者给深深震撼了。阳光从窗玻璃透射进来，把乔的侧影投映在墙壁上，这么清晰分明，难道他真看不见吗？

明人是带着疑惑告别乔的，乔一定有着神秘而又奇特的故事。

忙了一阵后，明人又打电话给朋友尤，要再采访乔。电话里传来一声深长的叹息："乔，已经牺牲了，英雄啊！你来我这儿，告诉你实情吧！"

明人头一晕，连忙闭上眼，定了定神，才回答道："好、好，我马上过来。"

刚到朋友尤那里，明人就迫不及待地问道："到底是怎么回事？"乔已完全占据了他的身心。

尤无言地递给明人一份报告，明人接过飞快地读起来。五分钟后，乔的形象已高大分明起来，但他仍忍不住问："乔是公安局的侦察员？真的牺牲啦？"

"是的，上次你采访他之后的一天，他听来看望的战友说，发现了他们一直摸排追捕的一个杀人恶魔的踪迹，便吵着要参战，他说早就等着这一天了。领导同意了。那次深夜巷战，他冲锋在先，一枪撂倒了那个恶魔，但被隐藏在墙角的另一个歹徒偷袭了……乔的领导告诉我，他很英勇。"朋友尤说。

"那他看不见自己的影子，是怎么回事呢？"明人又问。

"当年，他与他师傅一起执行任务，也是深夜，在老街巷搜捕一个杀人团伙。在墙角潜伏时，他忽然看见自己的影子，被月光投映在地面上，他一激灵，以为自己已暴露，想化被动为主动，一下子跳了起来，他师傅没拉住，用身体挡在他前面。歹徒听见声响，射出了一排子弹。他师傅中弹倒地，他毫发未损，歹徒安全逃窜。他痛苦万分，痛恨自己看见了自己的影子，发誓要为师傅报仇。他一个人在黑暗的小屋里挖空心思地练，练得走火入魔……"朋友尤的声音悲怆。

　　"你知道吗？公安局的领导对我说，他牺牲前，真的没有关注自己，关注自己的影子。他毫不犹豫地冲出去，一枪制服了那个杀人头目，在某种意义上为师傅报了仇。也是因为他的影子被另一个歹徒发现了，遭到暗算。多好的小伙子，真的很壮……"朋友尤的声音哽咽了。

　　看不见自己的影子，是一种视死如归的特殊气概啊！

　　明人双眼盈泪，他站起身来，久久没有言语。屋内渐暗，窗外的光线投射进来，他也浑然不觉自己的影子，仿佛身心已与乔融合在了一起。

（原载于《北京文学》2019年第11期）

我在马路边拾到一块钱

　　"小宝，怎么了，谁欺负你了？"在路口，明人邂逅表妹和她的儿子小宝。小宝刚上小学。小宝嘟着的嘴，都可以吊东西了。小宝摇摇头，仍噘着嘴，却从口袋里掏出了一枚硬币。明人接过一看，是面值一块钱的镀镍钢镚。"哪来的？！怎么一回事？"明人纳闷，也向表妹投出了探询的目光。表妹刚要开口，小宝就嚷嚷起来："不要你说，你说的都是假话！舅舅，这是我在马路上拾到的，我当时想交给一个协管员叔叔，可他不收，说，'你去交给那位警察叔叔吧。'我穿过马路，走到那位穿着警服的叔叔面前，刚递上这块钱，警察叔叔只是摸了摸我的脑袋，说，'小孩挺乖的，不过，我就不收了。'那我交给谁呀？这是我在马路上拾到的。边上有位路过的阿姨说，'你就交给你妈妈吧。'我愣在那里，想想不对，还想找那位警察叔叔，他早已走开，忙自己的事去了。"小宝说着，说着，眼眶里都噙满了泪水，晶莹闪亮。

　　表妹插言道："他刚和我说了，我迟疑了会，说，'我也不好收呀。要不，明早交给老师吧。'他就更加生气了，说我骗他。"

"妈妈怎么骗你了？"明人笑着问小宝。小宝说："她教我唱的歌，'我在马路边拾到一分钱，交给民警叔叔手里面……'可……可警察叔叔就是不收，现在又让我交给老师……"小宝说着，眼泪就啪嗒掉下一颗，又一颗，明人赶忙安慰他："你是个好孩子。妈妈也没说错。"捋了捋他的脑袋，他的泪珠子就一连串地掉了下来。

"警察叔叔要忙自己的大事。也许，交给老师，也是个不错的主意呀。你明天交试试。"小宝抹了一把泪，似信非信地凝视了一会明人，抽泣声中发出了一个"嗯"字。

表妹感叹道："一分钱，到一块钱，贬值太快了。"明人若有所思地摇了摇头："应该唤起孩子们心灵里那种美好……"

翌日傍晚，明人碰巧又撞上了他们母子俩。小宝这回蹦蹦跳跳的，手里还拿着一支冰激凌。"小宝，你那块钱，老师收了吗？"小宝吮吸了一口冰激凌，喜滋滋的神情："老师收了，还在班会上表扬了我。让同学们都向我学习，说这样班会活动费用，也可以增加了。"小宝乐滋滋的，说话间隙，又舔了一口冰激凌。"你瞧，妈妈不让我吃冰冻的东西，这回，是她特地奖励我的。"表妹也微笑着点头，比昨天的气色好多了。

小宝随着他的母亲，欢蹦乱跳地走了。明人却在寻思，小宝老师倒也挺利落实在。可是，难道，要把小时候唱的熟稔的歌词，换了吗？

这天周末，在小区喷泉广场，明人又见到了正在玩耍的小宝。他刚叫唤了小宝一声，就发现小宝的脸紧绷着，小小眉头也紧皱着。"怎么了，小宝？"明人关切地问，表妹这时也走了过来。

"舅舅，你说我拾的那一块钱，脏不脏？"小宝眼珠子一动不动，专注地盯视着明人。他在急切等待明人的答复。

明人愣了愣，但随即回道："不脏呀，这是你拾金不昧呀！"

"可是……可是，小骏他爸爸说，我们拾来的钱脏，他跟老师说，不要让同学捡马路上的钱，班会活动费用，今后就由他包了，他一下子拿出了两万块钱。"

"两万块钱？他爸爸做什么的？"明人有点不解。难道又是一个"土豪"不成？

表妹在一旁说道："听说是一个镇长，学校好多活动，他都自告奋勇掏钱包了。"

"所以，小骏还当上了大队长呢！都说是他爸爸的功劳。"小宝气鼓鼓的，"还说我拾的钱脏，我看他的钱才脏！"他在地上啐了一口。

"哎，小宝，这话可不能乱说。"表妹着急了。

"同学们都这么说的，又不是我一个人说的。"小宝颇不服气。

那天过后不久，表妹发了个微信给明人，说小宝所说的小骏的爸爸，就是那位镇长，被抓了。

"是什么事呢？"明人问。

"是经济问题。"表妹发回一条信息。随即，又跟了一条："那钱，果然是脏，小宝说的没错。"然后是一串省略号。

（原载于《北京文学》2020年第9期）

小饭馆里的饕餮者

20世纪70年代末，上馆子撮一顿，是件令人兴奋的事。

明人他们当时还属求学族，囊中羞涩。可海弟一提议，胃口立时被吊起。三个发小，不管不顾，一头扎进了路旁那家国字号的小饭馆。

傍晚人不多，明人他们找了一个角落坐下，就喊了服务员来点菜。可待那位剪着齐耳短发、眼睛亮亮的小女孩服务员走近了，他们又胆怯了，说话都结结巴巴的。海弟看了半天菜单，才点了一个麻辣豆腐；大吴舌头打着卷，吞吞吐吐念了个"番茄炒蛋"；明人想点韭菜炒螺蛳，可一看价格，算了，"炒鸡毛菜吧。"

下单了，服务员转身离开。这点菜怎么够吃呢？海弟挤了挤眼，嘴巴朝左侧努了努。那边一张桌上，一男一女相对而坐，一看就比他们年长，桌上五颜六色的菜摆满了，可两人神情拘谨，吃得也细嚼慢咽的。海弟的眼神，明人他们看懂了。明人想，这小子又来玩这一套了。上一次也是在饭店里小聚，没点几个菜。海弟让他们吃得慢些，说："等会还有更好吃的。"他的目光朝一对男女不时地盯视着。也许人家不自在了，就搁了筷子，早早起身走了。然后，海弟快步上桌，把红烧鳊鱼、爆炒猪肝、五香茄子等飞快地挪过来。"你们看，他们根本没动过，省着让我们吃呢！来，不要客气。"

这回，海弟似乎是找到了新的对象。"你真是馋猫鼻尖，也不要脸面了呀！"明人斥责道。"哎，不是有个'暴殄天物'的成语嘛，浪费是最大的犯罪，我这是为他们减轻罪行呢！"海弟诡辩着，眼光仍时不时地向那对男女瞟去。

突然，男子朝窗口眺望了一眼，神情慌乱起来，他悄声嘀咕了一句。女子也脸色一沉，说了一句什么。两人迅速收拾好自己的包，站起身，就往外走。海弟两眼放光了，他示意大吴赶快去端菜。可就在大吴羞羞答答、犹犹豫豫时，有一个愣头青冲进店里，他在门口没拦住那一对男女，嚷嚷了一句，便径直走向人去菜丰的一桌，一屁股坐下，一边说"果然被我猜到了"，一边毫不客气埋头开吃。

海弟和大吴的脸色不好看了。而明人也早已认出，他是自己的初中同学阿六。不一会，阿六也发现了明人他们。"这么巧，来来来，坐我这吧，一起品尝。"他见明人等还是一脸迷惑，笑着解释："你们别担心，刚才是我的姐姐，那男的在追我姐姐，我爸妈反对他们往来，说那男的在街道工厂上班，档次低了点，还让我跟踪他们，没想到他请吃饭出手蛮大方的。来，不吃白不吃！"

饕餮之念，战胜了"怪怪"的感觉。吃得正带劲，女服务员惊讶地看着他们，说了一句令众人震惊头晕的话："这单子还没付过，你们，谁来买？"

最后，还是明人把助学金都掏了出来，才换来女服务员的和颜悦色。阿六信誓旦旦地说："这钱，我一定还你！"

多年之后，明人碰上了阿六，自然而然地想起了这件事。他们当时劝说阿六，宁可成就一对，不可拆散一对。"你姐姐是自由恋爱呀，你应该帮他们。"再问起他姐姐，阿六笑眯眯地说："哦，他们后来结婚生子，现在好着呢！我爸妈也同意了，这还是我做的工作呢！"

"那就好！"明人也笑了。

（原载于2020年7月22日《新民周刊》）

炝虾迷

　　明人的好友苏律师是位名律师，和他一样有名的是他爱吃酒炝虾。朋友的饭局，知道他的，都会点上这菜。有时疏漏了，他也会毫不客气地主动提出，仿佛没有这酒炝虾，其他都食之无味。因此他也获得了一个有趣的绰号，叫苏醉虾。他喝多了，不吐不倒，就是脊椎似乎弯曲了，点头哈腰的，加之酡红的脸，还真有一点醉虾的形态。

　　苏律师常常眉飞色舞地介绍："这炝虾，是打脸都不肯松口的好吃。那种鲜，那种嫩，那种香，都可用一个字来描述——爽！"他咂咂嘴，就把这种沉醉，迅疾感染给在座的每个人了。每次他都至少要点两斤以上，有时他还亲自下厨烹制，要保证足量足味。

　　疫情期间，苏律师茶饭不香，他钟爱的酒炝虾，被彻底打入冷宫了。一筹莫展之际，他与一位生鲜超市的老总成了好友，这位老总常常招之即来，给他带上活蹦乱跳、鲜嫩晶亮的河虾，足有两斤重，这下苏律师就眉开眼笑了，他大饱口福，口德也出奇地提格了。

　　这天，朋友们在一家熟人开的饭馆用餐。明人召集的，开席时，才发现少了苏律师的最爱。他连忙吩咐服务员尽快补上。服务员是位外乡女孩，到厨房转了一圈说："我们没有这菜。"苏律师说："河虾总有的吧？"服务员还是摇头，脸上显露一番疚意："真不好意思，真的没有了。"明人的脸也挂不住了："那让人到菜场赶紧去买些呀。""算了算了，这个点了，不太容易买到好的。"大家都觉得遗憾时，苏律师拨弄了一会手机，说："我已安排人专程送来了。"大家高兴了，苏律师还真是名不虚传呀。

苏律师的超市老总，是在大家都酒过三巡了才亮相的。他带来了一大盘河虾，个个看上去饱满肥嫩，生龙活虎的。苏律师瞳仁闪亮，笑纹在脸上盛开。他叮嘱服务员，说要加葱姜丝，放香菜末，生抽半斤不能含糊……他还说待会自己亲自来烹制。他喜笑颜开的，服务员"嗯嗯"点头。明人和大伙也挺高兴，这一局可以让苏律师如意欢乐许多了。

酒酣耳热，忽见服务员端上一大盘油爆虾。大家目光都聚焦于此。明人盯视良久，纳闷道："今天菜单里没有这道菜呀。"苏律师也扫视了一眼，对此漠然淡然，他感兴趣的酒炝虾，还没上桌呢。明人却觉得蹊跷，说："不会把炝虾错成油爆虾了吧？"大家随即也都若有所悟，赞同明人的判断。苏律师的嘴也歪了，自说自话道："可能烧了一半，还有一半是做炝虾吧？"

明人再追问服务员，服务员说："就是刚才你们带来的河虾，全都端上来了。"大家都憋不住大笑起来。苏律师这才醒了似的说："他们这里的厨师是北方人，他们没炝虾这概念！""咦，不是你亲自去调制的吗？"明人发问。"我说的时候，他们频频点头，我还以为他们听懂了呢！""你看你，这是督查不力了。"明人笑说。苏律师也尴尬并懊恼着。

看着苏律师的脸，再看看这油光可鉴、被半斤生抽浸泡，又被爆炒得再不会动弹的河虾，大家哄然大笑起来。

（原载于2020年6月28日《新民晚报》）

公司有个抖音迷

刚吃好午餐，明人和老同学刘总在后者办公室的后院溜达、闲聊。突然，见前面有个小伙子，两手高擎着手机仰首观望，且笑到整个人一颤一颤的——哦，靠近发现，是在看抖音。

刘总皱起眉头，咳了几下，小伙子转脸一看领导驾到，说话声音也开始"抖"了："刘刘总，是是您。"刘总："小范啊小范，你也太入迷了吧。"小范抖得更厉害："没没没，看看看着玩的。"刘总朝他瞪了一眼："好好工作，别把时间都浪费在这个抖音上！""我……我明白。"那个小伙子赶忙收了手机，和刘总半鞠躬了下，离开了。

明人奇怪，怎么老同学竟然对一个小伙子这么生气？刘总说："唉，你不知道，他来公司也快一年了，人事部门汇报了两次，第一次说他好像什么都不懂，不会干，部门经理对他不满。第二次说他勤快了一些，还挺聪明，部门经理对他印象正有好转，偏又发现他迷上了抖音。"

"那么他影响工作了吗？"明人问。

"倒没影响，但他一得空就看抖音……人事部门还报告说，有一回中午，有的人在办公室继续干活，有的人打盹休息，结果他一声爆笑，把大家都吓了一跳。原来是塞着耳麦旁若无人，手舞足蹈兴奋之至，不知道自己惊到同事了。类似事件多次发生，他照样看他的抖音，走火入魔一般。"

"玩物丧志，"明人说，"你是不是担心这个？"

"那当然，"刘总说，"我们年轻时对工作是多么投入，我知道你几乎连电脑都不碰，除了工作就是工作，现在这些年轻人，太'潇洒'了！"

明人提醒："可能这个小伙子自有特长——这么喜欢抖音视频，是不是也会有这方面的能力呢？"

刘总不由一愣，然后："嗯……我想去试验一下。"

过了大半年，明人在同学聚会上再次碰到了刘总。两人寒暄几句，刘总说："你还记得我要去做一场试验吗？哈哈，我现在可以对你透底了，先谢谢你对我的提醒。之前，我正为公司的形象宣传发愁，公共关系部的那些部下们也一筹莫展；更有人狮子大开口，说如果有几百上千万，不妨找找张艺谋。国企嘛，还是带着思维惯性、惰性。后来，我想到，或许小范能为公司创造出一点新的东西来，就把他叫到办公室。一开始他听我提及抖音，很怕，以为我要为难他。我说，'既然那么喜欢抖音，能否帮公司在抖音上设计几个宣传视频呢？'告诉他放心，先集中精力，将公司的经营特色，通过抖音视频反映出来。部门经理、人事部经理觉得有点冒险，不可思议，但小伙子挺争气，鼓捣了一个多月，竟然制作了上百个抖音视频，最后选了五个让我观看。真棒呀，他自己当主角，把我们的产品推介得特别有意思，你看我们最新那款牙刷，他一'抖'，功能全凸显出来了，黑黄的牙齿，瞬间洁白亮丽。我支持他，让视频推上了网络，五个视频短短时间内就为公司带来了一轮销售高潮。"

"小伙子有才，"明人说，"你这个试验成功之后，我也为这个小伙子高兴。"

刘总说："是啊，我心里更高兴。人才还是有的，关键是如何发掘人才，用好人才。你不是常和我说，做领导的，要人尽其才吗？"

人无完人，人也各有专长，关键是做领导的怎么能够真正把握好这一点。明人看了看刘总，今天他的眉头一直舒展着，笑容挂在脸颊上，显得年轻了许多。

（原载于2020年6月10日《新民周刊》）

无名作者

三位文友品着熟普，不知怎么，就聊到了作品署名的往事。

老彭说，他和某文学杂志有纠葛，还是20多年前的事了。明人说："那时你已小有名气了，怎么会和这份省级刊物生隙呢？""是呀，看你《新民晚报·夜光杯》上发了多篇短文，当时让我们好生羡慕呀！我还没问过你呢，你认识编辑吧？"老彭脑袋立时摇得拨浪鼓似的："真没人认识，我就这么直接投编辑部的，投出三天，我就想若采用的话，应该刊登了，每天傍晚，就等着晚报来。连续几天，没见刊登，就想没门了，有点泄气。没想到，两周后，白纸黑字的，我的名字连同文章，赫然刊出了。那一阵子的高兴劲，真是没话说了。不久，又连发几篇。至今连哪位编辑发的，我都不知道。""你真是幸运。我当时也有过这个经历，后来听晚报的人说，副刊每天来稿非常多，编辑大浪淘沙般选稿。"

"就是！那杂志呢，偏偏那时玩花招，刊发了我一篇散文，署名却是两字：无名。我是又喜又恼的。文末还加注了一行字，说请来稿作者联系我们。"老方插言道："你是忘了留名和通讯方式了吧？"老方也是位诗人，他的诗在各类一流诗刊，频频露脸。"哪里呀！我的稿子后边署得清清楚楚的，一点不差。""那是什么原因呢？"明人和老方都急不可耐了。"是他们故弄玄虚，以此标榜他们对无名作者的重视，和他们重稿不重人！""敢情他们是以此打广告呀！你那时已不是籍籍无名了。"众人都说。"再怎么，也不至于这么做呀。我还没找他们交涉，他们自己在下期刊物发了一行字，说这篇散文的作者是我！也没其他任何字词。我心里别扭极了，之后就与他们再不联系了。"

老方这时笑吟吟地对明人说："你还记得当年我们办的第一份刊物吗？""当然记得！叫《文学青年》，是我们自费办的油印刊物。"明人的眼睛一亮，仿佛那本刊物就在眼前，那可是他们青春年代激情所为。

"那你还记得有一首诗，作者未具名？"老方又问道。

"哦，记得的，是一首小诗，塞在我们门口的稿件箱里的。"明人记忆犹在。

"你当时看了，就说不错，马上刊用了，也写上了请作者与我们联系的字样。"老方说。"是呀，诗写得真是蛮有诗意的。我们标上那一行字，也完全出于真诚，既是想认识这位作者，也是要表示感谢之意。这和老彭碰上的，风马牛不相及呀。"明人坦然地说，"可是这位作者好像并未出现。"老彭说："作者可能有顾虑吧。"

老方哈哈大笑起来："人家当时刚学写诗，不好意思亮名，不具名，也是想听听明人兄的客观评价。"

"咦，你怎么像是这位作者肚子里的蛔虫，什么都知道？"明人和老彭都诧异了。

老方笑得更来劲了："我告诉你们吧，那作者就是我。我那时帮着明人刻字印刊物，偷偷学着写，用这方式试探了一下，没想到明人肯定并采用了这首诗，我既感受到了莫大的鼓励，又有些羞怯，就一直没说破。"

"你隐藏得挺深的，都20多年了，幸好我有点眼光，要不毁了一位知名诗人了。"明人感叹。

"真的，这真要感谢明人，你给了我鼓励和自信，我开始埋首创作，大胆地投稿，由无名变有名了。其实，我们每个人的进步，都有这种力量在支持。不是吗？"三人都笑了起来，心里头滚过一阵热流，像入口的熟普一样，浓酽而灼热……

（原载于2020年4月26日《新民晚报》）

孔兄买单记

"咦，孔兄人呢？"众人寻思着。明人猜想："应该是买单去了，哎，这孔兄！"

孔兄与他们有20多年的交情了。大家坐在一块，总要聊到最初认识时的一件往事。那年镇江的舅妈寿辰，高速刚通不久，有驾照的明人借了一辆小车，自己驱车过去。车上坐着妻儿，儿子才一岁多。耿平正好有假期，得知明人的计划，也乐意相陪。他又叫上了孔兄，另开了一辆小车，在前头飞驶。

明人不常开车，车开得挺慢。耿平他们就在路旁弯道上，等了他一阵。孔兄说："还是我来开吧，你歇一会儿。"明人同意，于是，孔兄稳稳地驾着车，踩实了油门。车行了十多分钟，突然异样地抖动起来。"车轮胎坏了！"孔兄让系好安全带，随后聚精会神、缓缓降速，最后安全停在路边。下了车一看，前右胎瘪瘪的。孔兄抹了一把汗："好险！"耿平说，幸好是孔兄接过了方向盘，如果是生手明人开的话，一见轮胎爆了，多半就踩刹车了，那就糟了，车子倾覆都有可能。

这事令明人对孔兄有了好感。孔兄的名字叫孔繁茂，听着很熟悉、亲切。国字脸，剃了个光头，黑瞳闪亮，唇边带着一缕戏谑，高大的身材，有种英锐之气。听说他在做生意，具体明人也没有打听。而和孔兄再相逢，是因为有一次身为大学教授的耿平，说要请几位在官场的老同学聚聚，且再三说明，不为受托办事。饭局末尾，明人发现，孔兄悄悄先出去了一会，不用说，是把买单任务扛走了。

后来，耿平聚聊，总是把孔兄叫上。次数多了，明人不禁想，难道是在为孔兄设局？否则孔兄何必一次次买单呢。现在已清楚了，孔兄做工程材料买卖，据说生意尚可。可耿平没提过，孔兄与明人熟稔了，也没有过任何暗示。倒是另一位老同学过意不去，给孔兄推荐了一个项目。耿平马上说，不妨让另一位亟需项目的朋友做，孔兄也就当场让了。

好几年前，明人到北京出差，一位朋友推荐他去一个有点名气的"流水宴"看看。在某小区的高层内，一位脸上写满沧桑的六旬男子，这家的主人，热情地迎接了他们。长条桌旁，坐了好多互不相识的客人，主人以微笑和酒菜相待。上的菜并非山珍海味，都是主人的湖北家乡土特产，用小盘子盛着，明人频频举箸，回味无穷。回味更加深刻的，则是这个流水宴客来客往，主人以交友为乐，似乎毫无企图。后来听说，主人还是大有收获的，座中高朋不少，做了一些生意。

这孔兄不会是流水宴主人的再版吧。

这回，孔兄果然又是去买单了。他返还落座后，明人悄声说："你老这样，我们过意不去。我们没法为你做生意助一臂之力，要严格遵守制度规章的。"孔兄忙回："明兄千万别这么想，我绝不麻烦你们什么的，友情比生意重要，也长久。何况，你们都是有才学的，和你们在一起，我可以学习不少东西呢。"这一说，明人对他更刮目相看了。"孔兄孔兄，绝非你想象的孔方兄。人家有底气！"耿平在一旁高声说道。

明人把目光转向孔兄，孔兄的双眸依然晶亮，和脑袋上的光亮，相映成趣。明人想，上海滩上，孔兄是可以深交的朋友。

（原载于2020年4月8日《新民周刊》）

阿刘的2020年春节

小年夜，阿刘不见影了。

他是老彭的远房亲戚，谨小慎微，从中原乡下考进上海大学的，毕业后又进了一家在陆家嘴办公的上市公司。几年打拼，总算把户口落实了，很不容易。

"这几年小年夜，我们兄弟几个都要聚一聚，还是这小子最早提议的，今天竟自己开溜了。不够意思！"老彭气鼓鼓的。明人息事宁人："算啦，现在这种状况，不聚为好，就不要强人所难了。"当晚，明人收到阿刘的微信，说他下午就睡了，睡到现在才醒，向明哥致歉。不过，他说他昨天就说过不聚了。

这个春节有点漫长，也有点寂寥。明人埋头读书之余，偶尔看看微信，有关新冠肺炎的消息铺天盖地，把春节的喜庆气氛都挤对了。他也留神了下，见老彭一如既往地活跃，转发热情依旧。阿刘则是少有地冷寂，只在年初二转过一条"此次发病数量超过当年SARS"的新闻，附加点评："上天保佑！"然后是双手合十，一连串的阿弥陀佛。

从老彭那儿得知，阿刘在家基本一直躺着，所谓"养精蓄锐"。明人心里感觉有点不踏实，阿刘毕竟一人在上海，提议去看看他。但老彭问了阿刘，说是没事，心领好意，来就不用来了。

年初七，本该上班的日子，因疫情休假破天荒地延长了。中午，在单位值班，就接到了阿刘的电话，情绪低落嗓音生涩："明哥，我好像被传染上了。"

"什么？怎么回事？"明人一惊，手机差点掉落。

"我……我不舒服。头痛，没力气，还拉肚子。""有热度吗？""量了，倒没，可也有染上不发热的啊。""你想想，这段时间有没有接触过什么人。"明人又追问。"听说武汉传这病起，我够小心翼翼了……"阿刘反复回忆，唏嘘不已。明人忙宽慰："别急，不是还没确诊吗？这样，我送你去医院。"

明人给老彭也发了个微信，然后和同事打了个招呼，戴上口罩和护目镜，全副武装地出发了。在阿刘的家门口撞见了老彭——他把做医生的老婆也叫上了。推开门，一行人有板有眼地进入，仔细询问阿刘的各种情况。阿刘病恹恹的样子，屋里颇闷热。"空调开这么高干吗？"明人忍不住问。答曰"怕冷，再说不是温度高些，可杀病毒嘛"。"什么乱七八糟的，早辟谣了！"老彭哼了几句。

老彭的医生老婆留意到，桌上一锅鸡汤已快见底了。她嗅了嗅，皱起了眉头。

"拉肚子吧？"

"咦，你怎么看出来的？昨晚开始拉的，这也是典型症状吧。"阿刘脸色愈发晦暗。

老彭的老婆笑了："八九不离十，你是自己宅家宅坏了，天天这么睡,这么连轴转地上网看电视,哪有不头痛、不乏力的。你的汤呀,发馊了,还喝!不拉肚子才怪。"

阿刘一愣一愣的。嘴里嘀咕着:"鸡汤怎么这么快坏了?""室温太高!我看,你脑子也坏了!防病毒,心态、方法都要对路。你啊,鼠年生鼠胆,出问题了!"老彭仗着是远亲兄长,口气有点严厉,不过,平时他对阿刘还挺关心照顾的。阿刘一会看明人,一会看老彭夫妇,有点不知所措。

明人坚持让阿刘去定点医院又查了查,结果是可喜的,阿刘只是吃坏了肚子而已。

他恢复了正常。出了医院,回家拾掇了一下,赶到虹桥火车站,当了体温监测的一名志愿者。

(原载于2020年2月12日《新民周刊》)

盲 盒

明人造访老友大舒，应声开门的是他儿子会会。"叔叔，您好久没来了，快屋里坐，我爸爸在呢！"小伙子礼貌地招呼道。"哦，会会呀，又长高了，人也变结实了。"明人说，他脑子里闪现那个沉溺于游戏里的半大小伙子的面容。那是几年前了，那张脸当时有点婴儿肥呢！"谢谢叔叔，赶快进屋吧，我正好有事要出去。"小伙子和明人挥了挥手，带着几分腼腆的笑，快步走了。

屋子里，大舒正对着茶几上的什么东西发呆。那神情明显忧虑，川眉纠结着。

"明兄，你来得正好，你看看这东西。"大舒眉头舒展了些。

茶几上有些花花绿绿的盒子。"不会是玩具盒吧？"明人不敢妄下定论。这世界纷繁复杂，瞬息多变，老友不会让他猜这么简单的问题。

"你打开看看。"大舒又说。

明人迟疑着，把盒子一一打开：哇，挺漂亮呀，都是动漫杂志上见过的那些人偶呀。

"是的，你看它们重样吗？"大舒问道。

明人仔细察看了那几个表情呆萌，模样逗人的人偶，微微摇了摇头："还真是不一样的。"

"问题就在这里。买的时候，你并不知道里边装的是哪个，所以，失落感和惊喜感随时都会产生。"大舒急急地说道。

"你是说，这是下赌式的购买？"明人比他更急切地问道。

"没错。这种人偶玩具都是成系列的，十几二十几只成套，你往往只有把它们都购全了，才可能买到你最喜爱的那个人偶。这种游戏，没想到现在大为流行。"大舒摇了摇头，一脸无奈。

"不会会会也迷恋上了这种东西，让你担心了？"明人收住了微笑，不无凝重地问道。

"这就是我在他房间里发现的。可他说这是他同学送他的，他从来没花钱买过。"大舒说。

"你不知道他读书那会，玩游戏都着了迷，丢了魂儿似的，不是你老兄帮我一起送他去了戈壁夏令营，他还不知变成什么样的人呢！"大舒又感叹道。

"现在他快大学毕业了，找一份正常的工作，应该不赖呀。"明人接口道。

"我刚才和他说了，千万别碰这种东西，这是无底洞，听说，好多孩子买上了瘾，一发而不可收拾，把钱都扔在这上面了！"大舒说着，又忽然问道，"你听说马季的相声《宇宙牌香烟》吗？"

"这怎么没听过，春晚爆热的节目！"明人瞧了他一眼，不明白他的意思。

"那里头，马季说要推出系列成套宇宙牌香烟，集齐了可以换取20

寸彩色电视机。那个年代，彩电可是奇货可居。"

"可马季不是透底了，再怎么，你也收不齐，因为有三张图案绝对不会印！"明人禁不住打断了大舒的话头。

"就是呀，这是销售的陷阱，套路很深呀！"大舒也憋不住直言道，"我刚才也和我儿子说了，这盲盒也是诱惑多多。"

"我甚至还把自己的收藏盒也打开给他看了。你懂的。"大舒苦笑了一声。

"哎呀，你把自己的老底亮出来了，可贵，可叹，也说明你真是焦虑了。"明人知道，大舒好多年前对"刮刮乐"痴迷到了疯狂的地步，每天都买，有几次还把老婆给他的买菜钱，都在街头书亭，换了刮刮乐。一抽屉的刮刮乐，只中过几元、几十元的小奖。老婆为此都和他翻了脸，赌气回了娘家。还是明人好说歹说，帮大舒把她劝了回来，也帮着他从"刮刮乐"中自拔了出来。这是大舒一段"丑陋"史，他竟然向儿子和盘托出，是想以自己的以往警示儿子呀！

可怜天下父母心！明人脑海里闪过了这句老话。会会应该能够理解他父亲的心吧？

数日之后，明人在路上邂逅大舒。"会会怎么样了，确定找什么工作了吧？"他关心着大舒的儿子。

"别提了，我那儿子竟然迷上了那个盲盒。"大舒哭丧着脸。

"啊？这是怎么一回事？"明人诧异不已，难道大舒乃至明人之前的努力都白费了？

"他对我说：'不是你告诉我，很多人乐此不疲的？而且盲盒也很暴利。'他说他要与盲盒亲密接触了。说是我的话，让他大受启发。"大舒用会会的原话讲述道。

"什么意思？"明人问。

"他说，他要做盲盒的生意，已谈好了一个加盟店。

"他还再三对我说：'放心，爸爸，我是卖盲盒，不是花钱去买！你就看我赚上人生第一桶金吧。'"

大舒哭笑不得的模样。

明人狠拍了他的肩膀："你这家伙，被年轻人甩在后边了！"

"可……可他这么做，就没问题吗？明人，你说呢？"大舒面容并未舒展。

明人的脸色不由也冷峻起来。

（原载于2019年11月6日《新民周刊》）

交谊舞

远景：20 世纪80年代初。校长办公室。青涩而谦恭、热诚的明人，成熟而温厚的校长。

"学生们想学跳交谊舞，学校团委可以组织吗？"明人是团委书记，交谊舞犹如重放的鲜花，在这个城市处处绚烂，年轻的大学生们难免心痒。

校长笑容可掬："在古代，女子的衣衫都穿得严严实实的，有时候连手背都不可裸露。你不明白吗？有的人就因为手碰上了，就起了不良之心。"

尚未婚配的明人嗫嚅着，一时也不知所措了。

他后来组织的是集体舞，在学校礼堂安排的，是《青年友谊圆舞曲》，热情洋溢，也优美抒情。

中景：20 世纪90年代初。学校操场上。而立之年，且明显沉稳的明人，年龄相近却老气横秋的新任校长金。

"学校学生活动还丰富吗？"已调任上级机关任处长多年的明人随意问道。新校长金是自己当年的部下，关系也挺铁。"活动有一些，舞会早就不搞了，老校长有意见。"

"咦！他不是退了吗？怎么对这还干预？"明人不解。

"有时候，他会回学校看看，有一次碰巧学生会组织交谊舞比赛。他在后边看了半天，就朝我们团委老师斥责了一番。还找到我，表示不满。"

"他怎么说？"明人饶有兴趣。

"他说，学校创造了机会让男女学生拉拉扯扯、搂搂抱抱的，非惹出事来不可！"金说。

"什么年代了，他还这样呀！"明人脑海中闪过昔日的那一幕。

"人家是老校长，既然这么说了，也就多一事不如少一事吧。"年轻的校长金苦笑着。

近景：21世纪初。明人办公室。人到中年的明人和人到中年的金。

"什么风把你吹来了，金校长！"明人笑着拍了拍金的肩膀。

"还不是为老校长的事，我的脸面都被丢尽了。"金鬓发已有些许斑白，神情有点落寞。

"老校长怎么了？都70多岁的人了，还让你金校长操心？"明人还真的疑惑不解。

校长金叹了口气："你不知道，他惹上婚外恋了，老婆要死要活的，吵得不可开交，你瞧，这几天都吵到你们大机关来了。"

"这老校长真是愈活愈年轻了，他是来玩真的了？"明人瞪圆了眼睛。

"就是呀，我找了他，他竟然说要和发妻离了，要和新恋人白首偕老！"校长金气呼呼的，几丝白发都翘棱了起来。

"他是怎么回事呀？！"明人也惊讶万分。

"他在百乐门舞厅认识了一位舞伴，两人做了没几天的舞搭子，竟然打得十分火热，老校长痴迷不已，看来十头牛都拉不回来了……"

校长金这么感叹着，明人的眼前则乱云飞渡似的，那20多年前的远景和校长金描述的情形，重叠交融在一起，老校长的面目模糊一片……

（原载于2019年10月14日《劳动报》）

真能想的人

从聚餐开始，紧挨着明人的尤老弟就一直在耳边絮絮叨叨。他说最近一直在想能否拍一部科幻片《宇宙之外》，《流浪地球》这么火，有遗憾也有启发——想象的思维太简单，超越宇宙的地方，难道不也是另一片未知的苍茫嘛。所以，他正跟几位朋友谋划着"宇宙之外"的事儿，剧本也开始创作了，请领导务必支持……尤老弟说个不停，时不时端起酒盅敬明人一下，就像他家客厅矗立着的那个快两米高的落地钟，提醒的声音很刻意。

其他几位同学，把喝酒的气氛炒得更热，明人不得不又喝了一盅白酒，食管及至肠胃，一阵灼热。少顷，尤老弟又侧向明人，不知是因为酒的刺激，抑或是因为那个撩人的念头，他的双眼发亮，血脉一定偾张着，信誓旦旦地说："我一定要做成这件事！"

明人笑了笑，给他揲了一筷黑木耳，说："你吃点，听说这个排毒，多吃点。"尤老弟说："领导，我可说的是真话，我最近一直在想这件事，您不支持我？"明人拍了拍他的肩膀，说："尤老弟，尤老师，你也是名牌大学的副教授了，你上次和我讲，你最近一直在想，要搞'一带一路'文创园，有进展吗？"明人这么一说，尤老弟一时愣住了。"还有，上上次，你也说过，你最近一直在想，要做一家外星人博物馆，现在有谱吗？"尤老弟眨巴着眼睛，无语。"还有，上上上次，你当着这些老同学的面，都说过，你最近一直在想，要组织一个世界文明辩论赛，要把这第一场放在华盛顿，然后到希腊，到印度，到……，再回到中国，你开场了吗？"几位老同学也注视着尤老弟的眼睛，他垂下眼帘，仿佛在思虑什么，又睁开眼睛，先前的闪亮，似乎暗淡了许多。脸部一会红，一会白的。他终于开口说道："领导提醒得对，不过，我这回的想法，是我最近一直在想的，我一定要去做好的。老同学，明人，哦，还有各位，你们都多多支持，看看吧，这是我一直在想的，这个春节都一直在想的事……"他说的还是这么自信，渐渐地，声音就微弱下去了。或许是酒劲上来了，他舌头有点发涩。

明人不好意思了。自己说得太犀利了，虽然是老同学，人家毕竟还是一位副教授，一点面子也不留，过分了。他连忙站起身，说："尤老弟，尤教授身上有许多优点。其中，他能想、敢想，一直是我所敬佩的。他思维活跃，激情充沛，想有所作为的精神，是很多人不能企及的。"明人这番话，虽有些安抚的意思，但也是他真切感受到的。这回，尤老弟站起身来，朝着明人又喝了一盅，舌头也大了："这么表扬我，我……我得再喝一盅。"明人和同学都不由分说地劝阻了他。

过后好几天，明人心里都在后悔和自责："说话太重了，何必这点穿尤老弟呢！真不该，真不该的，换了自己也受不了呀。"

当他悔意愈来愈重的时候，那天深夜，尤老弟来电话了，语气兴奋，语速快："领导，我最近一直在想，要做个民间的，也是世界的，

有史以来的各国首脑的收藏馆，这是不是一个创举呀？我要做，领导，您要支持我哦！"

明人憋住了笑，刚想说几句附和的话，对方手机断了。明人稍后回拨，只听到："对不起，对方不在服务区。"他摇了摇头，苦笑了几声。这人又到哪里去疯想了呢……

（原载于2019年10月9日《新民周刊》）

都市"体检病"

老同学聚会时，大家欢声笑语，觥筹交错，唯见高阳郁郁寡欢，独坐一隅，捧着一杯泡着一片柠檬的温开水，时不时地抿上两口。桌上的美酒佳肴，他也视若不见。

"你这小子，往日的豪爽劲哪去了？滴酒不喝，跟自己过不去是吧？"张跃跃不依不饶，平常都是高阳拽着他喝酒，而且说辞是一套又一套的，明人调侃他是"高级调酒师，简称高调"，高阳在物贸公司工作，恰巧职务就是总调度员。这一说就一语双关了，立马引发了老同学们的"山呼海叫"："太棒了！太准了！"张跃跃看见高阳今天这个熊样，自然不会错过这个机会。

明人与高阳平时接触多些，他目光穿透了高阳的眼睛，直窥到了他的心底："你一定是刚拿到体检报告吧？'老朋友'又来了？"明人这么一说，张跃跃他们都听糊涂了，眼光一会儿扫着明人，一会儿又落在了高阳脸上，眼神满是疑惑和探究。连女同学阿娇都"扑哧"笑出声来："什么老朋友、新朋友的，不会也是'大姨妈'来了吧？"她这一句插科打诨的，立马又引起了大伙的一阵哄闹。

明人瞥瞥高阳，这一米八身高的高总，还一脸的愁云，话语都是轻声细气的了："没什么的，就是有些状况，过几天要复查。"

"报告带身边吧，拿来我看看。"明人明察秋毫似的又开腔了，边说边走近高阳身旁，高阳上衣口袋里正揣着一卷粉红色封面的材料。高总右手欲取未取，明人一下子把它抽了出来："我看看，没问题吧？"

"没，没问题，你看呗。"高阳松了口，没有一丝不悦。

明人打开一看，主检医师的总检查结论，总检建议，各科的体检诊断，各仪器的检查结果，包括临床免疫学、尿液、粪便、血液化学、血液临床、血液演变等各类检验，还有什么内分泌报告、肿瘤标志物、心血管、尿沉渣等各式检查，不愧为国企高管，体检内容真是够全面、够丰富的。每年一次的豪华待遇呀，也是令人妒羡的。不过，哪都没问题，更没有耸人听闻、令人惊诧的结论呀。明人这回纳闷地瞟了瞟高阳。

高阳说："心脏早搏，甲状腺多结节，嗜酸性粒细胞、谷氨酶都是超出正常值了。还有尿蛋白，2个加。百度上说，这可能是肾受伤害了，我担心是患肾病了，现在总感觉腰肾处不舒服。"高阳无精打采地说道，脸上掠过一丝苦笑。

"你是不是觉得自己全身都不舒服了，有病，甚至是重病缠身了？"明人故意夸张道。大家又笑。

高阳"嘿嘿"笑了几声："这也不是，不过，可能真有问题，我平常太忙，现在得重视重视。"

"你平常老灌我酒的，怎么当时不想到过'重视重视'我呢？"张跃跃笑着反击，他算是逮住机会了。

女同学阿娇又插话了："哎，你们别说高阳，我老公前两周体检回来，人也萎靡了几分，我问他'怎么了，查出什么问题了吗？'他说做B超时，医生反复问他肝脏是否损伤过，或者生过什么肝病。他说'没有呀'。医生说，'你的肝斑斑点点的，有问题。'他被说得吓坏了，本来每天喝酒，一天还抽三包烟。这几天老实了。天天下班回家在家待着，酒不喝，烟也不抽了。我以前劝他，他都不听，现在这个样子，倒让我坐卧不安了。我劝他说，再去查查，不会有什么大问题的。他脸色悲戚，竟然和我说道，'我已约了复查。若真有什么病，你可以决定离开，我不连累你。'那付模样，让我哭笑不得，我狠狠扭了他一下臂膀。"

"那是你老公爱你疼你，不想让你受苦受累。"女生罗罗酸酸地说了一句。

"哎，你太酸了。关键你老公后来复查了吗？结果如何？"张跃跃嘲讽了罗罗一句，又转脸向阿娇询问道。

"你急啥急，你是想等阿娇离开她老公，找你呀？！"罗罗也不甘示弱地抢白道。大家一阵哄笑。

"我老公查了，彻彻底底地查了。肝功能各项指标都正常。医生说，也许之前损伤，他自己没注意。他一高兴，这些天又喝上了，还信誓旦旦地说，他要陪我至少三十年，喝酒也至少三十年！你瞧他这德行！"阿娇咯咯地笑着，鱼尾纹时隐时现，几丝白发也在灯光下晃动着，若有若无，当年的美人阿娇也都是年过半百之人了。岁月不饶人呀。明人心里喟叹着。

"我还得过几天再复查。可我就是感到腰酸背痛的，而且胸也闷闷的。"高阳无精打采道。

张跃跃大笑了起来："你这个高阳劝我喝酒时，说我是个胆小鬼，我看你才是真正的怕死鬼呢！我告诉你，我去年回山东老家，也想劝我父亲再做一次全身体检，前几年我让他做过，当时还说他这个指标高、那个结节多的，把他折腾得厉害。这个不能吃，那个不能碰，他那会一个月，就瘦了好几斤，他本来就不胖。这次劝他，他坚决不做了！他说，他身体棒棒的，吃得下，睡得着，七十好几了，还在田地里干得了活。他还说，'你们年年体检，就是城市人的病，是钱作出来的！'"

"哎，你别说，跃跃爸爸的说法也不无道理。我老公好几位朋友，身体好好的。原先每年体检，现在还半年体检一次，有的还每年到日本去体检，每次体检报告下来，虽没什么大病小灾的，就已三天愁眉苦脸，五天茶饭不香，一周不敢喝酒的。哦，就像高阳今天这状态，病快快的，甚至仿佛到了生命最后一刻。"阿娇叽叽嘎嘎地说着，又忽然收住口，用手背掩住了嘴，"我说重了，高阳别生气哦。"

"没，没生气。"高阳本是爽快之人，阿娇这么一说，他也就挤出了一丝笑容。

明人说道："定期体检还是需要的，有情况复查也是应该的，不过，没必要过分焦虑，是吧，高阳？你哪一年不是如此，每次体检之后，就是这副样子，就像暴风雨要来似的，每次复查后，又都暴风雨过了。凭我经验和对你的了解，高阳，你这回也准保没事，只是平常注意点，按照总检建议的'多运动，多喝水，少喝酒，少抽烟，注意饮食，心情愉快'……"

高阳"嗯嗯"了几声，明人也不知他是否真的听了进去。

有人建议举杯："祝大家健康长寿。"瞬时，聚会又进入了高潮。

高阳也站起了身，象征性地举了举手中的水杯。坐下后，他就与身边的阿娇轻声聊起了什么，那神情仿佛是在咨询什么。

几周后，明人半夜接到了高阳的微信。

"报告明人，我在北海道向你致意。"

"怎么去日本了？"

"我去日本体检了，找了阿娇的老公的朋友。"

"结果不错吧？"

"还挺好！各类指标都正常了。就是嗜酸性粒细胞还稍稍偏高，医生说，没问题，可能与吃海鲜，有点小过敏有关。"

"你现在是不是又喝上了？"

"就是呀，这般美好的时光、美好的景色、美好的食物，怎么能不好好享受？！"

"明年体检，不会'老朋友'又重来吧？"

"嘿嘿，你是哪壶不开提哪壶呀，明年再说吧……"

…………

（原载于2019年8月8日《新民周刊》）

杰出校友

葛校长来电话："你能联系金部长吗？"

"人家是京官，我怎么攀得上？"明人说。

"上次校庆，还不是仰仗你把他请来的。这回校庆他不来，我面子往哪儿搁啊。我明年该退休了，不就想画上一个完满的句号嘛。"

葛校长是明人中学同窗，师范大学毕业后回母校任教。如今晋升为这所名不见经传的中学的校长，干得挺欢。

"那次是开会正巧碰上，老校长托了，不好意思推辞。可这几年和他没什么联系。"明人坦言。

"老同学，拜托了！你官也比我大，路数也比我多。帮了老校长，怎么不帮我呢！"葛校长耍起无赖。

"……我试试吧。"金部长是高他们好多届的师兄。明人在校时他已当了兵，大概是连长，人神气透了。那回也是学校邀他来做报告。明人记得，他说自己小学时候听了一位老红军报告，打仗故事挺精彩，遂想，今后一定要干出样子来，也到学校做报告。金连长做完报告后，起身一个标准的军礼，目光如炬，颇为英武，还是让明人和同学们有所折服的，当年的葛老弟，就低声赞叹了一句："帅！"

20 世纪90年代母校校庆，明人也收到了邀请，忝列主席台。在贵宾室，明人看见校领导和好几位老师都簇拥在一位中年男子身边——男子微微发福，头发也稀拉了，可自信满满。原来他就是当年的金连长，现为国家某部委的一名司长。校庆大会上，金司长又讲了老红军战士的故事。会议间隙，葛校长，当时还只是教研室主任，与明人咬耳朵："金司长蛮有气派的，前途不可限量！"

之后有一次在北京的年度经济工作会议上，金部长参加了明人所在组的讨论。晚上主办方宴请，又碰巧在邻桌，明人聊到了母校，也聊到了自己听过他几次报告，金部长开颜一笑，敬了一杯酒，还主动留了一个电话。

此后又逢校庆，当时的校长就拜托明人特别邀请金部长。明人给金部长发了一条短信。金部长回复说，争取百忙之中抽空出席。还说，回母校做报告，是自幼的梦想。明人愣了，是请他出席校庆活动，没说做报告呀，校长听说了倒觉得"太好了"。后来，金部长再次讲到了老红军，不过，他看上去油光光的，几缕毛发并不乖顺地搭在脑袋上，一口气说了一个半小时，把一场校庆大会异化为个人专场报告会了，明人觉得有点可笑。

经不住葛校长的死缠硬磨，明人给金部长发了短信，但一直没有回音。

葛校长急坏了，校庆的日子步步逼近，校友录都把金部长的光辉形象放在首页、装订成册了，就等金部长回复然后印议程了。明人拨过金部长的电话，无人接听，同样一筹莫展。

校庆前两天，明人路过母校，想和葛校长打个招呼，到了葛校长办公室，发觉他如丧考妣。会议桌上，色彩鲜艳的校庆手册堆得满满，几位老师和学生在忙着什么。

"你不知道吧？！"葛校长开门见山地对明人说，明人疑惑地摇了摇头。

葛校长递来一张报纸："报上说，金……被查了。"明人不禁吃了一惊，再展开报纸寻找，果然读到了一则消息，确凿无疑。

"这些校庆手册得抓紧拆换了。"葛校长无精打采地哀叹。明人这才注意到，忙着的老师和学生，是在把首页一页页地剪裁下来——那上面有"金部长"光彩照人的头像，还有对这位杰出校友充满敬仰的、励志的文字……

（原载于2019年6月12日《新民周刊》）

与领导一同如厕

茶歇时，明人快步走进厕所，看见前面那个小伙子，自从见到他连忙止步，让过了明人。明人有点纳闷，回过头再看那个小伙子竟然已不见影了，那小伙子好几次在与老外的交谈中做翻译，年龄显然很小，但很精干，浑身透着一种机灵劲儿，他翻译得很到位，轻松自如。让明人和老外的交谈也都顺畅愉悦。

他对语言上的分寸拿捏得很准，用词也很准确，那神情也是轻松自如，几次明人都想和他攀谈几句，只是一直没有机会。上次也是会议间隙明人上厕所，那小伙子也在，也是一样让过了明人，转头就走了。这小伙子挺怪的，难道不知道和领导一同如厕也能创造奇迹吗？

那天与老外继续洽谈时，为了调节气氛，明人抓住一个契机，说了一则故事，是他当年的老领导B，到一个开发区工作，可是一直找不到路径。

某一天，一位主管开发区的大领导正巧在他们部门开会，自然主管领导高高在上，那位领导B他也没有机会靠近，但说来也巧。会议的间

147

隙，主管的大领导上厕所，领导B也到了厕所，那有一半的巧合，领导
B后来回忆说，他绝不是故意趁这个空当，找领导的。会议休息时间，
大家都上厕所，厕所也就这一个，没想到就和主管大领导A挨在一块，
并肩站立，各自排空。

领导B机会抓得好，在大领导A差不多收手的时候，走到洗手处。
领导B唤了一声大领导A，A转过脸看看他，朝他点了点头，显然A是
认识B的。B领导这时候诚惶诚恐的，有点按捺不住激烈的心情说了一
句："领导你说的开发区的前景非常鼓舞人，我还年轻，我能不能到
开发区去工作？"大领导A再次侧过脸看了看他，轻轻甩了甩湿手。领
导B连忙抽了一张纸递给领导A，领导A接过朝他认认真真地凝视了几十
秒。领导B回忆说，当时他感觉到的时间很漫长，绝对是几个小时的感
觉，像是在接受一场严峻的面试。

幸好领导A发问了说："你挺想去吗？"领导B坚决毫不犹豫地点
了点头："我很想去，非常想去。"

"好，你打个报告给我，申请，我批。"

也就这样一个插曲，领导B到了那个开发区，在那里如鱼得水，发
挥得淋漓尽致，很多创意、很多成效都在他手里落地。毋庸置疑，他的
事业也就由此上了更高台阶。每每想起这段故事，很多人都认为是大领
导A的知遇之恩。其实领导B自己知道，倘若没有厕所里的那次巧遇以
及斗胆的开口，之后的事业发展是难以想象的。他说"我真要感谢和领
导一同如厕的这难得的机会"。

明人把这故事说完，没想到那边老外公司集团的总裁，也听得非常
地投入。小伙子翻译得自然熨帖，总裁都明白了，放声大笑。总裁说他
也讲一则故事，他说有个年轻人，当年就在中层的管理部门打工，"你

知道，"他说，"我们这些跨国公司都十分严苛，提任一个职员需要很复杂的程序。"

但这个年轻人有抱负，也有很多的想法。在自己的职位上已经有所发挥。但CEO并不知道他，只知道有这么一个人在某个部门干得不错，他说"我们这种公司如果总裁对你不熟悉，你想提任，是难上加难的"。碰巧有一次有一个产品的展销会，那小伙子作为工作人员也有幸参与了，那时好多公司的总裁、学校的校长、研究院的专家，数百人云集，也挺热闹。在茶歇的时候，小伙子上厕所，碰巧碰到了当年的学校里的教授，现在也是知名的专家和校长了，在厕所门口寒暄了几句，此时小伙子公司的总裁迈着自信而稳健的步伐走到厕所门口，他看着小伙子面熟，再看看那位教授。那位教授叫喊了他一声，两人都非常高兴，原来他们曾经同学过。

两人击掌表示高兴和问候，寒暄几句就转到了这个小伙子身上，教授自然把他夸赞了一番，虽然言语不多，但总裁面部一直充盈着满意的微笑。他说："没想到你还是我们教授的学生啊。"他虽然言语不多，但最后叮嘱了小伙子一句说，"好好干。"

也就两个月不到，小伙子被破格提拔为部门的主要负责人。当时很多人纳闷，说他撞大运了，也有许多各种猜测，其实小伙子心中明白，如果没有那次厕所的邂逅，那教授、总裁和自己的邂逅，他被发现乃至提任是遥遥无期的。说完那CEO哈哈大笑起来："那个小伙子就是我。"明人和大家都惊讶了，连那个翻译小伙子也惊讶得瞪大了眼睛。一时半会儿没把CEO的话翻得到位，但明人听懂了。

明人说："和领导一起如厕，那可是会创造奇迹的。"他意味深长地朝翻译小伙子送过一瞥，小伙子也字斟句酌地翻译着，自然引发了那个CEO在内的在场人的笑声。

那天会谈圆满结束，送走了老外他们后，有短暂的空隙翻译小伙跟随着明人。明人回过头笑着说："小伙子翻译得很棒，只是我不明白你为什么到了厕所看见我就溜了。"

小伙子脸红了，完全不像他翻译时那样自信，扭扭捏捏地说："我怕……我怕……"

明人大笑说："你怕什么？你怕我和你说话影响你的心情？影响你的正常排泄？"

小伙子竟然真诚地点了点头，明人和在场的人也都笑了。

明人说了一句："你怕，我也怕呢。没看到那些老人们上厕所都是蛮艰难的，实际的时间都是很短促的？我也怕和你一起如厕，毕竟上了年纪，怕你心里还在怪我磨磨蹭蹭的。其实还怕你嫌弃我们这些上了年纪的人。"明人调侃地说了一句。

小伙子不好意思了，明人拍了拍他的肩膀说："我只是想说谢谢你，这段时间翻译得辛苦了，翻译得很不错，好好干！"

小伙子脸上充满了感激，点了点头说："谢谢领导，谢谢！"

（原载于2019年1月28日《劳动报》）

有声男

非有财、有才、有权、有势的人，"有声男"，指凭着爹娘给他的嗓音，行走天下之人。明人就认识一个，姓郭名国，念起来挺拗口的。干脆，明人他们就戏谑地叫他"哥哥"了

"有声男"的嗓音浑厚、华美，曾为数部影视剧配过音。不过，他虽然声音好听，但说话缺分寸。比如，那天聚餐时，一位初认识的女性朋友在桌上说，她有四个孩子，"有声男"竟冷不丁地问了一句："这么多，是和一个人生的吗？"

此外，"有声男"长得也令人不敢恭维。但人家靠的是嗓子，不是卖相，长得令人不敢恭维，不算什么大问题。明人暗暗觉得，其实这位"哥哥"还是蛮自信，也挺富有幽默精神的。此友，应该可长交。

朋友B有次和明人聊到"有声男"，不知为何颇多微词。明人说，"有声男"优点多多，是好朋友，你看他无论什么场合，让他即兴表演，他都大方应允，出口朗诵一段台词，或模仿名人的说话，惟妙惟肖的，他是大家心中的活宝。"他长得又矮又丑！"朋友B又说。明人

笑着摇摇头："他不算丑，只是个子矮，但比武大郎高多了。你只是用明星的标准来对照他，就感觉他还不到位。"朋友B点头："这倒也是。""你要真把他当作我们的一位朋友，多想想他的好，心平气和一点，就如意多了。"

朋友之间，理当和睦相处。这么一想，朋友B还真又"数落"出"有声男"的诸多好事来。他大气，拿了演出费，就爱请朋友聚餐。他热心，朋友要找小荧星、找艺校什么的，他都大包大揽。他生活正经，虽四十未娶，但有一位固定女友，除此之外从未听说过有什么绯闻。他从善如流，信奉：三人行，必有我师。明人他称老师，朋友中的多位，因有一技之长，他也虔诚讨教。他还拜了几位知名配音演员为师。其中就有著名的配音大师Q先生，还有一个嗓音特有磁性、为《功夫熊猫》配过音的L先生。据说，潇洒风流的L先生年方十六时，电影《月朦胧，鸟朦胧》的女主角对其青睐有加……总而言之，"有声男"是个靠谱男。

但是，后来有相当长的一段时间，朋友们都没见到过"有声男"了。明人也曾试着发了几次微信，拨了几个电话，都像放出去的野鸽子，毫无回复了。"有声男"是没有固定工作单位的，他向来说自己是自由身，也是自由"声"。他不愿配那些他觉得乱七八糟的东西，他觉得像林志玲、岳云鹏等为交通导航"献声"，是让人不屑一顾的。他说他的嗓音纯属艺术。好久不露面，"有声男"到底去哪儿了呢？让朋友们颇费猜测。总不至于是被新冠病毒给攻陷了，又不敢吱声吧？明人作为朋友，心里未免泛起丝丝担忧。

终于，明人接到了"有声男"的电话，说他这次双节（国庆节、中秋节）回来，请大家一聚。"你小子，跑哪去了？"明人追问。"有声

男"笑道："我去云南山里了，猛录了一部巨著，告诉明哥吧，我快大红大紫、流芳百世了，好多家音频电台都想与我合作呢！""大师啊，什么流芳百世的，快回来吧！我们朋友只要你平安、健康、快乐就行，想和你好好相处一世！"明人在手机里吼了一句。这一吼，他也笑了，发觉心情愉悦许多。

（原载于2020年10月21日《新民周刊》）

"木"老头和"灵"小伙

六月的周末，明人去赴一个约，是一位名作家召集的，算是文人雅集。在大楼门口就被堵住了。除了测温，还得亮出健康码，当时北京疫情重现，各地都严防扩散。这个大楼顶真，措施强化，不容蒙混。餐馆在这楼内，这一关是必须过的。

门前排起了一溜长队。都低着头，在手机上鼓捣着。明人也折腾了半天，向旁人几次咨询，才搞定了。有一位含胸驼背的老头，大大的口罩，盖住了依稀瘦削的脸面，额上已沁出了汗滴，眼镜片也蒙上了一层热气，显然，他很焦急也很无奈，在手机上指戳着，那个健康码就是出不来。

后边的一位小伙子，憋不住了，嘴里嚷嚷着："哎，哎，你快点呀，怎么这么木，不行，你就靠靠边，让我先进去。"过道太窄，又人挤人的，老头不能进，也退不出，多少有点狼狈。明人看不下去了，挤了两步，又请周边人侧侧身，让老头退后一点，让小伙子加塞般拱到前边入口了。明人出于怜悯，又替老人操作手机。操作成功，老头连声感谢，趔趔趄趄进楼了。

很巧合，他们坐的是一部电梯，抵达的也都是三楼。三楼电梯对面，就是明人要去的餐馆，老头也跟随在他身后。明人向迎宾小姐询问包房怎么走，只听老头也高兴地说了一句："嘿，我们是一个包房！"

明人也觉得好奇，迎宾小姐已在前边引路了，他快走了几步，又回过头来，去搀扶老头。老头也不推辞，向他道谢，自嘲而不无幽默地说了一句："年纪大了，弦也调不准，路也走不快了。"明人安慰道："这是自然规律嘛。"还没多说什么，包房就到了。召集人，沪上的名作家从沙发椅上站起身来："就缺你们两位了，没想到竟一起来了。"边上的人也都随即站起，朝他们送来目光。

坐下一介绍，才恍然想到，这木木讷讷的老头，是著名翻译家，明人读过他不少翻译作品，文笔清新脱俗，灵巧自然，一度，他以为翻译家是个帅小伙子呢，后来才知，他是博学多才的大学教授。比自己大两轮呢！

老翻译家说，这还是他今年春节以来第一次出门赴宴呢！没想到，进个大楼都这么艰难，幸亏明人帮忙。

明人不好意思道："这点小事不足挂齿。在楼下，一时没认出教授来，失敬失敬了。"

说话间，后面一阵哐啷作响的杯盘落地声。是刚才楼门口见过的小伙子，正尴尬地摊着两手，看着一地鸡肉馄饨和瓷碗碎片，不知所措。后边一位领班模样的胖女子，狠狠瞪了他一眼："你这人怎么这么木，连这个都做不利索，还不赶快向客人道歉，收拾了，再端一盘来。"说完，她先向明人他们鞠了一躬，再三致歉，说这小伙子是新手，多多见谅。小伙子看到明人和"木"老头了，神情愈发紧张无措。老翻译家发

156

声了："年轻人嘛，犯点错是正常的，不必介意。"嗓音轻弱而有一种特别的质地，大家也都展颜笑了。

小伙子感激地向老翻译家，也向大家鞠了一躬，表情也有所释然，连忙收掇去了。

（原载于2020年9月27日《新民晚报》）

大罗之虑

半夜了，明人已宽衣入梦，被好友大罗的电话吵醒。

他是一家国有控股的上市公司老总，电话里一反常态，语气焦虑，颠来倒去絮絮叨叨，说了以下的事情。

那天，朋友刘总约了他一起吃饭，他早早赶到了。包房里有位年轻女子，比他到得更早，她肤色白净，面容姣好，颇为礼貌地向他点了点头。后来，又来了一位小伙子，带着个美女，说是刘总的好朋友，也来赴约的。

众人喝着茶，等待晚饭主人——刘总的到来。岂料，刘总来电话，说车被撞了，对方胡搅蛮缠，他估计要晚到好久了，让他们先点先用，千万别等他，否则他就愈加失礼了，都是好友，不必客气。

于是，那最先到达的女子点了菜，大家拿起筷子就用了起来。该女子自我介绍是刘总的女友，态度热情，说是要替刘总款待大家兼赔罪，频频敬酒，还反复为大罗夹菜。上来一个金黄香脆的烤鸭，她飞快地给大罗卷了一个，裹进他不愿吃的葱条，为了表示诚意，他也不得不吃了。

　　抬腕看表，八点已过，刘总的身影依旧没有出现，尴尬的是，小伙子竟携女友早退了。大罗感到不自在，但不好意思也开溜。他一边发微信催促刘总快快赶来，一边与女子东拉西扯，还碰了好几次酒杯。实在无话可聊了，就直接切入敏感话题，问女子哪里人，与刘总如何相识。忽然觉得提问有些唐突了，女子倒不介意，笑笑，告诉他：她是几个月前在大连认识刘总的，两人一见钟情，这次她是从大连飞来上海的。

　　"你从大连来？！什么时候？"大罗瞬间酒醒了一半。"今天呀，直接从机场赶来这酒店的。"女子坦然。"体温什么的检测了吗？""测了，没问题，就放行了。"大罗的神情严肃起来，忙拨打刘总的电话。总算接通了，刘总说，他还在交警处，尚未处理完呢！直到九点，刘总还没赶到，大罗遂和这女子打了招呼，起身走了。

　　当晚，他睡不着觉了。昨天媒体刚发布，大连发现多个本土确诊案例，还有一些无症状感染者，这女子今天才从大连飞过来，虽说做了必要的监测，但万一是"漏网之鱼"呢？再想到自己还吃了她亲手为他卷的片皮鸭，不禁浑身战栗。明天上午又是市政府的一场签约会，去还是不去，都是头疼的问题。他方寸大乱，若这女子真是病毒的感染者，他还能说得清吗？

　　明人劝慰了大罗。第二天晚上，还约了大罗小坐一聊。大罗一宿未睡，神情疲惫，面目也像老了好几岁。他忧虑重重，眉心乌黑乌黑的，仿佛末日随时来临。

　　后来呢，听说那女子有做过全套检测，结果是阴性，一切安好。刘总跟大罗说了，大罗心有余悸："你女友是阴性，你则有点阴险了哦！既不告诉我她从哪里来，又让我独自和她就餐。你知道吗？我怕得要死，都想跳楼了！如果不幸'中招'，我的行踪不被查得一干二净啊？到时候，明明我也没干什么坏事，却是很难解释了！"

刘总嬉皮笑脸的："没吃到肉，沾了腥的人，多着呢。何况，你可是吃了我女友亲手给你卷的片皮鸭，还单独相处好一会儿呢！我都要吃醋了！"

这话又让大罗脑门沁出了汗。他又开始焦虑了。

（原载于2020年8月26日《新民周刊》）

倒走先生

一早，明人刚上班，靠背椅还没坐热，就有学生家长来告状：“你们学校老师装神弄鬼的，把我的孩子都吓得半死了！”

少妇牵着个小不点，气咻咻的；小不点也噘着嘴，泪珠子含在眼眶，似乎随时都要滚落下来。

“家长，您请坐。有什么事好好说。”明人态度和蔼。

“你们那个老师，不好好走路，半夜里还折腾。真是有病！”

这时，办公室门被轻叩了两下，随后被缓缓推开，一位瘦骨嶙峋的小个子男人带点拘谨地问：“领导，我能进来吗？”明人朗声道：“请进。”“不好意思，我看见这位家长带孩子到您办公室，估计是告我的状，我赶紧跟了过来，解释几句，免得误会。”瘦个男子小心翼翼地说道，“领导，我是教务室的刘国文，是一个倒走爱好者，我每天半夜都在操场倒走一会。这样才睡得着觉，没想到，昨晚把这位小朋友给吓着了。真是抱歉。”他欠了欠身，对着明人，也对着那对母女。

明人蓦然想起，这位刘老师的倒走，他其实是见过的。有点纳闷，少妇的小不点孩子，怎么半夜还在操场，以至于被吓到了。少妇就解释，孩子睡不着，一个人溜出宿舍到操场玩，半夜里，看到个黑漆漆的后脑勺越来越接近自己，怎么可能不受惊。

原来是一场误会。

刘老师道了歉，明人也圆了场。少妇听懂了，小不点也似懂非懂地咧嘴笑了。

明人留刘老师坐了一会。他问刘老师是何时学会倒走的，这么娴熟，简直无人可比。他知道倒走有诸多好处。他自己有时也会倒走几十步，可左顾右盼的，就怕走太快跌倒了。刘老师说，他出生时就小，在医院里待了好久，小时候身子骨也一直很虚，特别是腰板僵硬、酸痛，吃了很多药都解决不了问题。后来，他开始练习倒走，几十年如一日，逐渐就改善了。

"练倒走，我近乎'走火入魔'。只要有机会，我就倒走。有次在一个饭局上，坐累了，我就想站起来走走，可大家都围坐得很带劲，我不能一走了之。正巧，有位老兄要陈醋，我准备去拿，站起身，就倒走了过去。把大家和应声进门的服务员都看呆了，我就像小脑后长了眼睛，三步并作两步，稳稳当当地就到了墙角那条茶几边上。"

"我倒觉得，你应该把这一招，教给我的老师和学生。也许，我们还可以举办倒走比赛。"明人有所感悟，由衷地说道。

"我和你想一块了，倒走就是最好的健身运动呀！只要领导发令，我愿意无偿教授大家。"刘老师高兴了，一边说着，一边技痒起来，抬起左脚，脚尖先着地，脚跟随后，左脚站稳，右脚又抬起，在明人弹丸之地的办公室，竟又欢快地倒走转圈起来。

"说不定，奥运会也会选中这个新项目！"明人又感叹道。刘老师也拊掌赞成，连声说好。

倒走运动很快在学校流行起来。

但不久，明人因工作需要，调任别处工作了。听说，新来的领导对倒走运动颇是反感，不阴不阳地说过几句话，给倒走运动泼了冷水。

其中说的一句是："倒走就是走下坡路，难怪明人未提任。"

刘老师也传递来一句话："新领导是跛子，没话说了。"

（原载于2020年8月5日《新民周刊》）

贤者老杜

终于可以面见老杜了，明人心里是欢喜的。老杜是位贤者，其《为人处世的三字经》借古讽今又妙趣横生，读来是种享受。

其实，明人早与老杜通过程龙互加了微信，但未曾深谈过。春暖花开的四五月里，明人几次蠢蠢欲动，联系了在京的程龙，程龙是老杜的学生，也是明人的文友。程龙倒是爽快热情，不过，他回复的老杜的意思，就是"别急，现在不是时候，总有机会的"。

六月上旬，老杜答应会会明人，约在北京东城区的一家川菜馆。老爷子面带微笑，慈眉善目，握住了明人的手："我知道你一直待在上海，上海本土新增病例不是没有了嘛，不用紧张，不用紧张。"

作陪的，还有几位老杜的学生。一位在北大任教的刘老师说，这是今年春节以来第一次参加宴请。老杜抿了一口茶："整个北京啊，每天都有各种各样的状况，你我总要出门的，别多担心啦。"他的神态，无愧贤者风采，席间无不佩服。后来，老杜娓娓而谈，还给了明人一本《为人处世的三字经》，扉页上早已签上了明人的大名，落款处盖了印章。据说，这是老杜赠书的一个规格，让他高看一眼的人，才会加上这一印章。

返沪不久，北京疫情严峻。明人不由庆幸，自己行色匆匆，且没去过高风险地区；主动询问程龙，所到之地和所见之人有无异常，得到"无异常"的答复，心情更宽慰了些。想了想，再自费做了核酸检测，过程挺难受，结果好，终于彻底释然。

这天，明人接到了一个电话，是程龙在京打来的。说老杜今天下午抵沪，倘若方便，烦请明人安排下贵宾通道接机。明人有所迟疑，最近这段日子，上海防控升级，内地的重点就是北京，万一有事怎么办？还有，北京来沪，不用隔离的吗？程龙说："放心，老杜没去过高风险地方，还做了核酸检测，你就稍稍安排一下吧。老杜很想来沪看看的，说上海快出梅了，天气不错，自己在北京憋坏了。"

接机倒是挺顺利的。在机场贵宾室，老杜像换了个人似的，嗓门调高了，话也汩汩流淌，笑声朗朗。明人向程龙投去一道疑惑的目光，却被老杜捕捉到了："呵呵，明老弟看不懂了吧。我这回出京，碰上千年一遇的情况，多少人劝我不要外出了，出小区时也有人劝我，到机场时，还是有人劝我。我说我怎么了，与新发地丝毫无关联的，东城区就是中风险区，发现5例之后，连续数日没新增，何况我也做了核酸检测，咽拭子，阴性，根本没问题。再不让我外出，准保出问题。"他哈哈大笑着，说，"我必须到上海来转一转啊，谁也拦不住我。你瞧，我现在不是站在'魔都'这美丽的土地上了吗？我高兴呀！"

当晚，虽有不安，明人还是在嘉里中心找了一家餐厅，私人款待老杜一行。另叫了几位文友作陪，有一位也是刚刚从北京来的。还未开席，老杜忽然收住了笑，惊问他来自何区。那位毫无遮掩地回答，是丰台区，不过他所在街道尚未发现一例感染者。老杜的脸色明显变化了。稍坐后，他称自己胃痛病犯了，不容分说地，先告辞离去了。贤者的身影，忽然显得似乎矮小了许多，连小心赔着笑脸的程龙，也面呈几分尴尬。

（原载于2020年7月8日《新民周刊》）

尤教授家的大猫二猫

明人刚跨进尤教授家的门槛，一只长腿小猫就扑了过来，昂起首，圆眼怒睁，嘴边的胡须都绷紧了，如临大敌一般。尤教授呵斥了几声，那猫就身子一缩，缓缓退至墙角了。明人笑："这不像是你养的家猫呀。""明兄知我。你看，那两只猫多乖顺。"尤教授闪身，身后就现出了两只猫，趴在地上，身上玫瑰花形的斑点散状分布。

"刚入门的吧。"明人又瞥了一眼方才颇为凶悍的小猫。它头部和嘴鼻的轮廓，都略显宽阔，颈部、躯干，乃至全身骨架，都有一种沉沉的结实感。身上的花纹也是玫瑰花形的，一具好皮囊。

"这也是一只孟加拉豹猫，我是从朋友的猫场那里拿来的。朋友说，这只猫野性太足，爱管闲事，常与其他公猫争斗，护卫弱者。平常上蹿下跳，活泼似猴。哎，我家原来的猫，斗志全无；前些天，太太发现好几只老鼠奔窜，可见，那些一贯养尊处优的猫，连摆设都不如……不得已，我就把这只猫带回来了。"

"记得你之前接二连三地，也不断带新猫回家的呀。"

"我也烦恼，也纳闷。之前那些猫也多少有点锐气的，进了家门，一番折腾，耗子还真有段时间没见到了。可日久天长，这猫就趴窝了，抓耗子的精气神一点都没了。"

"我上次到你家，还听你和你太太大谈养猫经，说哪只猫乖，不惹事，就让那只'吃香的喝辣的'，就像这两只猫一样。"趴在地上的两只乖顺小猫这会儿缠在尤教授的脚边，懒洋洋地抓痒。那边，那只新进门的小猫则表情严肃。明人接着说道："那些猫，只要你板起脸，它们便打战了，有的还逃到墙角，是惧怕，也似乎是另一种请罪？"

"不严苛，不成方圆。老兄，你懂的。这样家猫才称得上家猫！谁不喜欢听话、不惹事的猫呢。"尤教授感叹，且反问一句，"人不也是这个道理吗？"

"那你为何要让新猫入门？"

"明兄，我只喜欢养这种孟加拉豹猫。据说，其祖先杂交后，产下的后代狠劲大减，温驯可爱许多，成为家猫品种。这样能干点点事的家猫，谁不喜欢呢？"尤教授一边捋着猫毛，一边说着。

明人毫不客气地打断他："可是，你家原来那些猫连这点点干事的能力、欲望都没有了吧？要不，你还找这只新猫干吗？"

"是呀，我看这只猫遗留狠劲的基因还多些，我需要它呀！我毕竟需要能干活的。"尤教授坦言。

"这我明白。不过，按你历来调教家猫的规矩和方法，要不了多少时日，恐怕新来的小猫，也和原先的猫一样养尊处优、干不了什么活了。"退至墙角的小猫，正用分得有点过开的眼睛，警醒地扫视着明人和它的新主人，前爪抖动了一下。

尤教授睁大眼睛："你这大领导这么忙还到我这儿来，不是和我探讨养猫经的吧？"

　　明人笑了："当然不是。不过，想进言的话，其实已不必赘述了。"他站起身来，握了握眼前这位人才教育的专家之手。

　　"真不坐不聊了？"尤教授也站起身来。

　　"真的不坐了，实践是最好的教育，看来，我们都得想想猫，也想想人呀。"明人又说了一句。他本来想就时下一些干部的现状，找研究人才教育的老友做一番进言的，此刻觉得，应该是到位了。

（原载于2020年5月13日《新民周刊》）

缺了门牙的打工男

女硕士生莎莎赶上这趟高铁时，铃声大作，车门在身后缓缓关闭。少顷，就由慢而快地疾驰起来。她深深舒了一口气，但眨眼之际又心神烦躁起来——车厢挤得像沙丁鱼罐头。

那个中年打工男引起了莎莎的注意。瘦弱的身子，衣着脏兮兮的，离她三四米，仍有一股怪味直灌鼻腔。特别是他一启口，缺了颗门牙，残存的牙齿则蜡蜡黄，面目几近狰狞。他的几位同伴，凑在一起，把这狭窄的过道当作自家地盘了。莎莎皱了皱眉，这趟返程糟透了，怪只怪自己决定回家时票都卖光了，男友托人把她带进了站台，安慰她"先上车，再补票"。又因为来不及置礼了，男友还塞给她两万元现金，用塑料纸裹着藏在小挎包里。

莎莎在那些蛇皮行李袋之间挤出了一点空隙，把自己的拉杆箱搁好，轻轻坐了上去，小挎包牢牢抓手上。待列车员来检票，对莎莎的态度挺温和，而对几位打工仔，就不太客气了："怎么老是先不买票？"看来，他是认得他们的。缺门牙的男人回道："手不利索，在网上抢不过人家呀！"说完，擤了擤鼻子，打出一个响亮的喷嚏，嘴里那股烟臭味跟着弥漫过来。其后，莎莎得知，他们是要回安徽合肥的，看来，在湖南站先下车让她空间舒畅些的念头是痴心妄想了。得了，还是闭目养神、视若无睹吧。一会儿，莎莎尿急憋不住，想上厕所了。厕所的门在缺牙男的背后，他侧过身子，让她挤进了厕所。莎莎完事之后，他仍是使劲侧过身子，让她通行得稍许方便些。她呢，经过缺牙男时憋着气，那股味道太可怕了。

武汉站到了，莎莎逃窜般奔下了列车，拽着拉杆箱就往站外走。她是出了站，才发现自己的小挎包不在身上的。使劲回忆，依稀记得自己下车前十多分钟，是把小挎包从肩膀上取下搁在身边的。到站时，一定是心情太急迫，抓了拉杆箱，漏了小挎包。那里边有自己的银行卡，还有男友给的两万块钱，怎么办？她想到缺牙男的嘴脸，禁不住要哭了。

明人也在武汉站这个站台下了车，他看见一个缺门牙的打工男，手上紧紧攥着一个女式挎包，一位铁路警察陪在一旁。明人问前来迎接的铁路站负责人，怎么回事？负责人解释，这农民工已守了一个多小时了，说有个女孩掉了包，他下车就追，但找不着人影了，不过相信这女孩会回来的。

"让他交警察，不就完事了吗？"

"我们也这么劝他，他说，'不行，你们不认识她，万一给错人了，女孩不是更急吗？'"

"所以，他就一直待在这里？"明人纳闷。

"也许，他想亲自交还失主，获得一笔酬金吧。"

突闻打工男兴奋地喊叫："在这儿！在这儿！"他一边使劲招手，一边快步迎了过去。站台进口处，一位女孩四下张望，然后急急跑来。

"你终于来了，快看看，东西少了没有。"打工男将挎包递给女孩。女孩接过，打开包，查看了下。

"没少吧，那我走了，我得上车啦。"说完，打工男憨憨地一笑，朝列车方向飞快奔去。

"谢谢你，谢谢！我应该酬谢你的。"女孩感激的语气很真挚。

"不用的，再见！"打工男上了车，列车开动，他在玻璃窗后向女孩、警察招手灿笑，缺了门牙的灿笑。莎莎告诉和她攀谈的明人："后来看他，一点也不丑，还挺有范的！"

（原载于2019年11月20日《新民周刊》）

北京有位老同学

　　老苏气恼地把电话挂上，腮帮子也跟着一抽一抽的："这老方太不给面子了，好歹也曾大学同学一场。这哥们的事，竟公事公办的口吻！"他一屁股坐在凳子上，从口袋里掏出一支烟来，用打火机点上，深吸猛吐了好几口，好像要把一肚子气发泄在这支"无辜"的烟上。

　　宝贝儿子高考，一门心思想进名牌大学，离上海的H大学差两分。不就是两分吗？可能也就是一道小小选择题出了点差错，儿子的能耐不应该低估的，可是人家就是不收。老方是老同学，正巧又在H大学任不小的官，虽然平常联系不多。老苏辗转找到了他的电话，刚说明原委，那头，老方一声叹息："老兄，我爱莫能助，分数线是一刀切的，我这个副校长也没有特权呀。"老苏说："你是副校长，总有办法，你知道，我们都只有一个孩子，孩子的事比天大，你看，要不，我出点钱，你看出多少合适……"老苏的本意是他出点钱给学校，算是捐助，他做汽车零部件销售的，多少赚了点钱。可老方火气上来了："你把我当成什么人了？我们都是有底线、规定的，你怎么可以这么想？！"他误解了老苏的意思，老苏也一下子被卡住喉咙似的，一时说不出解释的话来。人跟着也血往上涌。这老方竟然和自己打起了"官腔"，他气咻咻地收了线，坐在那里猛抽烟，半天，不说一句话。

老同学明人拨他电话时，他才被手机悦耳的铃声震醒。明人从话筒里听出来异样，忙问他怎么回事。他半天支支吾吾的，忽然又精神一振："哎，我们那位在北京的刘博士，你有他电话吗？"刘博士也是他们大学同学，现在中央某部工作，职务不低。"我想他一定有办法，帮上我儿子。"老苏从明人那拿到电话，十分肯定地说。明人知道，他们曾同居一室，大学时关系十分亲密。那时，从乡下来的刘同学，读书刻苦，成绩很不错，老苏没少沾他的光，作业论文什么的，都有刘同学的功劳，而老苏家里条件优渥，上馆子打牙祭什么的，都是老苏掏腰包。后来毕业了，老苏下海了，刘同学考上了研究生，先硕后博，留在北京工作了。这种铁关系，让老苏心里腾起了希望的火焰。

他特地去了北京，老同学让媳妇做了好多好菜，在三环内的住宅小区，好好款待了他。两人畅叙友情，回忆昔日的趣事，一餐喝了白酒一斤半，脸都喝得猪肝似的了。

餐后老同学又用上等好茶相待，热气升腾，茶香扑鼻。借着酒劲，老苏把来意说了。儿子上北京的N大学，分数也差几分，想请他帮忙。老同学的脸就有点变色了。沉吟了一会儿，刘博士说："这档事，老兄你高估了我，真办不了。"

老苏心沉了一下，酒意也消散了几分。儿子正在家里眼巴巴地等着消息呢，这么一说，不就白来了吗？

刘博士还是笑吟吟的："老兄，要让你失望了，有很多事，我真是办不成的。"

174

老苏的脸部开始僵硬了。他后来都不记得自己说了什么，多半是脸色不好，说话也是酸里酸气的。他带的两瓶茅台，刘博士也都塞回了他的手里。

一个人在宾馆睡下时，他懊丧极了。这北京的老同学，也不靠谱呀！都是官腔啊。

一夜睡得昏昏沉沉。酒精的作用下，他才多少有点睡意。

上午，他收拾好行李，感觉自己灰溜溜地要离开北京了，心郁闷极了。这时，手机铃响了。

是刘博士打来的。

刘博士说，昨晚招待不周，还请他谅解。关于他公子读书的事，他说，他了解了，N大学上不了，但BH大学分数线刚过，按规定可以录取。他让他听听儿子的意见。

老苏还没来得及反应时，刘博士又说："如果公子愿意的话，上学也可以住我这儿，我房间宽敞，你儿子正好和我儿子结个伴……"他说得很诚恳，老苏心一暖，眼泪差点流出来。

老苏回家后与明人叙述这一切，对明人感慨道："刘博士是讲原则，又重情义，不愧是我们同学中的翘楚呀！"

（原载于2020年1月20日《劳动报》）

175

高董和他的"矮老总"

高董是Z公司的董事长，长得也高。"矮老总"实际姓艾，是总经理，个子矮矬矬的。这一高一矮搭档，有些年数了，公司的发展则不好不坏。

他们都是明人的学生。明人到集团任职当年，国资部门考核严格了，每年的产值及利润数必须报得一清二楚，还得按比例上交。每季度，明人都把下属的董事长、总经理找来，让他们当面汇报经营状况，有一说一。每次，高董事长都是向明人保证："没问题，没有爬不过的火焰山，我们会给领导抱来一个大金娃娃。"再瞅瞅"矮老总"，面有难色，吞吞吐吐："困难……真……真不少，那台机器，换零件，还得办手续，用外汇，很折腾人……我们……我们尽力吧。"

年底大关近了。明人让财务、审计等几个部门下去认真查了查，结果令他吃惊：其他公司不谈，Z公司的产值，只完成了既定目标的八成。明人恼火了，立马把高董和他的负责老总找来，劈头盖脸地斥责了一顿。临了，还问他们：有没有招数，在最后一段时间补上去？高董的身子站得笔直，脸上始终挂着笑："是有些问题，但，请领导放心，我们会追上去的，保证完成任务！""矮老总"依旧一脸愁容："问题真的挺严重，那零配件还在路上，再耽搁几天，就没时间了。我们再催催，到了之后，再调整工序，加班加点干吧。"明人挥了挥手，把他们打发走了。

他要静下心来好好想一想。可一睁眼一闭眼，满满都是高董和"矮老总"的影子，不由得回忆起一则往事。那时他作为班主任带学生到野外测量，晚上在一处山地安营扎寨。忽然下起了暴雨，虽然不久雨歇风止，明人也巡查过一遍了，但入寝前不踏实，便把几位班干部叫过来，询问同学们的状况。其他班干部都报告没问题，"很好，大家都安静休息了。"班长小高的话更是让人舒心："同学们情绪不错，老师睡吧，您累了一天了。"可副班长小艾直截了当："有几个同学觉得帐篷不结实，再来一场更大的暴雨，就挡不住了。""不会的，那是杞人忧天。"高班长当即否定。"有的同学第一次住这样的帐篷，第一次扎，估计没扎到位，我待会再检查下。"小艾说得很诚恳。之后，明人又去巡查，看见小艾与两个同学在加固一个帐篷。下半夜，一阵更强劲的暴风骤雨袭来。宿营帐篷微微摇晃着，但都安然无恙。

两位学生的面貌此刻在脑海里晃动，明人一时有点晕了。

年前某天，高董闯进了他的办公室，期期艾艾："我们……没……没完成任务，您处理我吧……""你不是拍着胸脯说可以追上的吗？！""我……我那是想再努力努力，另外，也是不想让您担心……""你现在就不让我担心了？哄我一年，今天哄不过去了吧？"明人克制着恼怒，又问，"你的'矮老总'呢？""他……他……"高董事长舌头打起结来，"他前两天累倒了，被送进医院，可我刚找他，他又回

177

生产现场了，我说来不及了，他说再怎么也要抢点回来……"高董一脸无奈，本来挺像电线杆的身子，此刻佝偻成一只虾的样子了。

春节前，明人做了上任后的第一次人事调整。其中，高董被下调另一家公司任老总，"矮老总"接替高董，晋升了董事长。

（原载于2019年12月4日《新民周刊》）

直言男

明人刚在得馨茶馆落座，还没来得及和新老文友寒暄，就听见一个瓮声瓮气而有些耳熟的男声说道："我和王蒙有不同意见。我上次碰到他，就陈述了我的观点。"那声音说得自信而且铿锵有力。抬眼一看，果然又是他。粗短的身材，却有一张眉清目秀的脸，眼睛骨碌碌地转动着，似乎在凝视着你，仔细看，那目光是散淡着，像阳光一样漫延，并不聚集。而头顶上总有几根头发直直地上翘着，展露一种与众不同的形象，明人心里称他为直言男。

这应该是第二次见到这位直言男了。前两次明人也与这位仁兄见过，未做任何交流。得馨茶馆的李老板是个文化人，又有热心肠，经常邀友品茗聚聊。有时天南海北地来了十多人，大家并不相识。李老板就逐一给大家做介绍。第一次也是明人姗姗来迟，李老板介绍了明人。明人向大家抱拳作揖。这时就瞥见这位男子面容不冷不热地晃了晃脑袋，算是回应。介绍到这位男子时，明人也听清楚了，他是一位大学的老师。聚聊不久，就听见这男子很突兀地说了一句："我和莫言有不同意见。上次我碰到他，我就……”声音粗大而又低沉，却像闷雷一样，同样令人惊心动魄。明人立马竖起了耳朵，目光也飞快地飘向那个男子。他发现，那个男子仿佛羞涩地压低了嗓音，只和紧挨着他边上的一个朋友，轻言细语起来。几根头发上翘着，神情里透着一种高傲。

明人悄声问过李老板，此君何许人也。李老板说，是一位大学的助教，也算是文学评论工作者，名不见经传。他意味深长地一笑。

后来，又在周末的茶馆里邂逅过。一回生，两回熟，明人和那位男子只是微微点了点头。连个电话号码、微信之类也未互换，自然也没说上几句话。那天他还是在纷乱的交流中，听见了这个男子令人侧耳的声音："我和余华有不同意见，上次我碰到他，我也明确表达了我的观点……"众人的目光再一次汇聚过去。这些目光充满关注、好奇，也有的似乎不失仰慕和向往。

这第二次再耳闻这位直言男的发言，明人也算处变不惊了。他只是笑眯眯地瞥了直言男一眼，算是和直言男打了招呼。然后，又意味深长地瞟了一眼李老板，李老板也回视了，那眼神也是意味深长的。

数月之后，明人在街上碰到一位老友，老友说，他前些天在得馨茶馆，听见有人高声在说，他与明人有不同意见，而且说他当面也和明人表达过。明人打断了他的话，说："是那个身材粗短，眉清目秀，总有几根头发在直翘着的男子吗？"老友说："是呀，你怎么把他的形象特征观察得这么到位？听说还是一位蛮牛的文学评论家。"

明人笑呵呵地说道："这位牛人真这么说了？我和他可从来没有交流过，而且我也不是什么名人，他太抬举我了……"

（原载于《天池小小说》2019年第10期）

茶坊女

　　小区门口有一家茶坊，面积不大，可环境挺优雅。店主是一位女孩，叫茉莉，长得眉清目秀，就是双眼混浊空洞，是个全盲。听说她眼虽然不济，但心灵手巧，凭着手抓掂量，嗅闻味道，舌唇舔弄，把茶叶类型、优劣、年份，都能辨出个子丑寅卯来。她回收茶叶，也出售茶叶，客人坐在店堂品茶，她也热情服务。客人不多也不少。

　　这天，对面水果摊的阿牛，心怀鬼胎地来到茶坊，他贼眉鼠眼，四下里查看，忽然眼睛一亮，喉咙里发出了不易察觉的惊喜一叹。

　　他对迎上前来的茉莉说："给我一盒安吉白茶吧，哦，就是左上架第三个。"茉莉身上散发一种淡淡的清香，还真如茉莉花一般芳香淡雅。她转身准确地把那盒安吉白茶拿了下来，搁在了柜台上。

　　阿牛打开盒盖，取出一盒精致的小罐，感觉沉甸甸的，打开盖盒，嘴角立马露出了一丝得意的微笑。他憋住笑，问茉莉："这盒白茶多少钱？"茉莉说："上面不是标着价吗？560元。""那能不能便宜些？我知道你这里的茶叶都是回收来的。"阿牛有点嬉皮笑脸。

　　"哎，阿牛哥，你这就不对了，回收的，也是货真价实的，你想多少价要，尽管说，可话不兴这么说的。"茉莉说话细声细气，可说得在理，丝丝入扣。

　　阿牛连忙摆手，说："我们都是熟人了，低头不见抬头见的。"忽然觉得对茉莉说这话不妥，便连忙转口，"哦，我的意思，我们都是老相识了，我也不断你的财路，你就再便宜一百元如何？"

　　"好呀，你既然这么开口了，就拿去吧。"茉莉也爽气，一口答应了他的要价。

　　阿牛捧着那盒安吉白茶屁颠屁颠地离开，茉莉脖颈端直，两眼似乎平视着他的背影远去，虽然那眼睛里见不着目光，也显现不出是何种神情。

　　翌日，阿牛又上门了，还拎着那盒安吉白茶。他显然很不高兴，神情几近愠怒。他说："茉莉，我用不着这茶了，要退还给你！"

　　"怎么了，阿牛哥，你应该知道我这里的小规矩，成交了的不可反悔的，要不我生意怎么做呀！"茉莉不卑不亢地说道。

　　"我真的不需要了，我们都是老朋友了。门对门，抬头不见低头见的……"他自知有误，又收了口，然后继续说道，"都是做小本买卖的，不是好商量吗？"

　　茉莉不语。她触摸着搁在柜台上的那盒白茶，解开锁扣，拿过小罐茶掂量着。

　　阿牛忙说："我可一动都没动过它们，你放心吧。"

　　"里面原来是什么，现在也还是什么？"茉莉歪着头问道。

　　"那当然，那当然。"阿牛又使劲点头。

　　"我怎么感觉不对呀？"茉莉忽然说道。

　　"我真没动过呀！我发誓！"阿牛说得急了，说得信誓旦旦的。

"冤枉你了？还是冤枉谁了？"茉莉把个阿牛问得一愣一愣的。

"没冤枉谁，你也没冤枉我，我们是一个街坊的邻居，这还冤枉谁呀！"阿牛语无伦次又迫不及待地说道。

"那就好，我就按原价收回了。"茉莉嫣然一笑，从柜子里拿出一沓钱，递给了阿牛。那沓钱仿佛早就在那等着人来拿了。

阿牛数了数，没错，分文不差。他疑惑地瞅了瞅茉莉，眉头皱起：怪，真怪。

他这回是带着懊丧的心情走的，他本来觊觎这盒安吉白茶多日。那天，他刚好听见也是这条街上，口碑并不佳的小老板张德说，自己刚向刘局长送了份厚礼，就放在安吉白茶的茶盒里，硬塞在刘局车上了。阿牛也正巧瞥见，刘局长的车路过小区门口，停下来，让司机将一盒茶叶给茉莉。茉莉要推辞，刘局长在车上高声说了一句："拿去吧，你做点生意不容易的。也算是张德老板的一点心意。"张德茉莉认识，挺抠门的一个人。

茉莉笑着接过茶叶时，凭直觉，察觉马路对面的阿牛死死盯视着这里。她明白，阿牛和刘局长发生过摩擦，他正想找碴呢！

那天，茉莉掂量那小罐茶时，她觉得像当初查验时完全一样，沉甸甸的分量。她打开盒子，手指便触摸到了一层绒布，里边是一块细长的铁条，她嗅了嗅，是斑斑锈味。

张德这小人送了假金条给刘局长，刘局长根本不知，他并非贪婪之人，也带着善意将茶叶原封不动给了茉莉，而阿牛想由此惹是生非，折腾之后，也知晓了缘由。

茉莉的嘴角闪过一丝淡淡的微笑。

（原载于2019年8月11日《劳动报》）

程政辞官

周末路过G市，明人去探望了老同学程政。程政在自己的宿舍款待明人，几个炒菜都是叫的外卖，喝的是当地土烧，两人坐在既当饭桌又当书桌的小圆桌旁，喝得尽兴，聊得开心，仿佛回到了当年同窗的年代。

借着酒劲，明人盯视着他的眼睛，又一次地追问："你这主动回G市，不是因为与嫂夫人，发生了什么问题吧？"

"哪里，老夫老妻了，女儿都快大学毕业了，哪是你想的那么糟糕。真是为了我妈，我回到G市，离她住的村也近些，当代官员，忠孝更得两全呀！"程政啜饮了一口酒，颇为感慨地说道。

明人不好意思再追问了。他知道程政心中有痛。程政前几年在京城当处长，忙得一点都顾不上家。他老父亲患病住院，到突然仙逝，也就两个多月时间。他当时正参与一项重要工作，一时脱不开身。及至收到父亲的噩耗，特地请假赶回，也只待了三天。父亲入殓后，他都来不及好好安慰照顾老母亲几句，又匆匆赶回了。"不过，我还要做出更重要的抉择。到时你不要见怪呀。"程政又诡笑着，卖关子似的住了口。

门铃声骤响。程政起身去开门，没想到，竟是老母亲从乡下赶来了，五月的天气，她的皱纹密布的脸颊上，汗水无声地流淌，苍白而稀疏的头发，也有几绺被汗水粘着。她走得一定很急呀！

"我明天就回的，您怎么这么急，也不说一声就赶来了？"程政纳闷。"听说你一上任，就提了三老舅家的那个李二，还推荐刘老头他家的闺女去读什么夜……夜大学了？哦，对了，还给二姑家送了两千块钱？还有……"老母亲眨巴着有点浑浊的眼睛，神情很是急迫。

"妈妈，您哪来的这么多消息，也不必为这，跑这么远呀！"程政明显舒了一口气，可还是为母亲独自一人匆匆而来，有点不安。"儿子呀，我要和你说句话，正好明人也在，你们听听我是不是说得在理。"老母亲虽然显得单薄苍老，可说话仍是一板一眼，吐字清晰。

老母亲说："他们都是有恩于你的人，小时候，三老舅资助过你学费，老刘头也帮你治过扭伤的脚脖子。二姑还经常让你坐他们的摩托车，到县城上学……报恩是完全应该的。可是，你也得一碗水端平呀，曹老六的儿媳，听说也在你们机关，想提个什么长的，听说你把她训了一顿？还有，你三姑家的玄弟，想你帮忙盘个店，你让他自己去找人家谈。儿子呀，曹老六、三姑家，对你小时候也特别照顾，有什么好吃的都想着你，你现在有出息了，可都得好好对待，别让人背后嚼舌头呀……"

程政耐心地听着，待母亲说完，他让母亲喝了几口茶水，才缓缓地说道："妈妈，您放心，儿也是知恩图报的人。儿子既会一碗水端平，还得遵守原则规矩。"程政给母亲叉了一瓣橘子，让母亲细嚼慢咽着。又继续说了下去，"三表舅的那个李二，还真不是我提名提拔的，人家早就干得不错。我还没到，就被推荐了上来，考察后，也是众望所归

的。老刘头的闺女来向我讨教，她只读了中专，犹豫着是否要辞职去念大学，我建议她可以试试读读夜大学，工作学业可以两不误，二姑家您也应该知道的，她自己病休在家，家境窘迫，她想让她女儿到我这边工作，这招聘都有规定的，我没敢答应，先塞了她两千块钱，也是略表寸心。至于您说的曹老头，他女儿是机关打字员，怎么能够一下子提任科长呢？三姑家的玄弟想做生意，问我找门面，我哪来呀，我让他找那些业主自己去谈，一点错儿都没有呀……"程政声音带点委屈。

"儿呀，这真是难为你了。我知道你是为了照顾我，才调回G市的，我们村穷，乡里乡亲的，有些想法，你也别太往心里去。"母亲说着，竟用手背拭了拭眼眶。

程政这回却笑了："没关系的，妈妈！正好明人也在，我还有一个消息，要发布呢！我已提交了辞职报告，上面也批准了。我决定回到我们村去，我们村这么多年都没发展好，我想带大家一同创业致富。省得找我办这办那的，跟着我一起干就是！"程政从容自信地说道。

"那嫂子和女儿，怎么办？"明人瞅瞅那老母亲，直接就把他担心的也说出来了。"是呀，是呀，丽娃和她妈，怎么办呢？"

程政笑了："放心吧，她们俩都支持我，说我在G市，还不如回村呢，可以多陪陪妈妈。她们就两地走，逢年过节就回老家来。"

"是嘛，这……这……这好呀！"老母亲笑得合不拢嘴了。明人与程政也对视了一眼。明人说："真像是回到年轻时代了，程政兄呀！你大鹏展翅，豪情不减当年呀！"他们两人的手紧握在一起，手像心一样灼热、滚烫。

（原载于2019年7月15日《劳动报》）

请牵好您的狗

明人下楼准备散步消食，就见单元门口又闹腾起来了。一个四五岁的小男孩抹着眼泪大哭着，他边上站着一位男子，似乎是他父亲，脸色愠怒，大声斥责一条狗的主人。那主人长发长须，衣着时尚，一看就是个有钱有闲之人，说的倒是一口地道的上海话。他一手牵着一条半人高的狗，一手挥舞着，在辩解，说这狗并没有咬这孩子，是孩子自己往前跑，猝然跌倒的。那条狗眼珠灯泡似的突出来，围着主人来来回回，似乎也在气头上，倘若不是主人牵着绳，弄不好早就蹿上去了。

保安刘二拦在他们之间，正做着调解。他说这狗虽然没咬着孩子，可也使孩子惊吓不小，追了孩子几步路，他好言相劝狗的主人："让你们牵好自己的狗的，怎么可以放任它行走呢！"刘二精瘦，脸上皱纹密布。他是从企业退休之后，返聘小区物业的。

那条狗此刻抬眼看看大家，那目光里傻傻的，也许还不认为自己已犯了错。黑色和棕色的毛相拼在一体，将壮硕的身条裹卷，让这条德国牧羊犬，更显示出几分凶悍和勇猛。

　　前段时间，电梯刚到一楼，门开了一条缝，这条狗就从电梯里突然蹿出来，把正候着电梯要上楼的刘奶奶，吓得一下子瘫软在地，心脏病复发。当时，就有好几户业主，对养狗男子大张挞伐。那男子还是狡辩，说这狗一点也没碰着人。老太太是自己坐地上的，怪不上他的狗。保安刘二那时脸色严峻，对那男子反复说："再怎么说，您也要牵好自己的狗呀！"

　　刚过几周，这条牧羊犬又惹事了。明人也想不明白，你既然养了狗，何不把它牵住管好呢！

　　那养狗的男子不仅不认错，极力争辩着，还牵着狗就想走人。硕大的狗像是牵着他似的，他趔趄了一下，小跑几步，才走稳。望着他的背影，大家嗤之以鼻。有人又嘀咕："非把这狗杀了不可！"保安刘二却连忙制止了："千万别这么做，这狗，也是一条生命！"明人瞅了瞅刘二，他想这保安这么想，这么说，也是不容易的。

　　这天，又没牵住的牧羊犬，径自闯进了小区门前的一块绿地，鼓捣了一会儿，竟然千呼万唤都不出来了。养狗的主人一急，冲进绿地探寻。保安刘二也闻声而来。只见那条牧羊犬痛苦地干咳干呕着，好像被什么卡住了嗓子。养狗男子手足无措，还是刘二抱起了沉甸甸的狗，仔细查看，还扒开狗的嘴巴检视。刘二对狗主说，这狗可能是误食了鸡骨头，卡住了，要马上找兽医，把骨头夹出来，不然会有生命危险。狗主听了连连点头。

　　几天后，狗依然活蹦乱跳的。不过，从此遛狗，那条牧羊犬总被主人牵得紧紧的。

　　养狗男每次见到保安刘二，都是笑眯眯的样子，刘二也回之以微笑，"牵好您的狗呀。""那当然，那当然。"养狗男点头回道。

明人问过刘二："你也很喜欢狗吧？"刘二点头称是："我在老家从小就养狗。不过，我也喜欢人。主张狗和人和谐相处。"他调皮地笑了。

（原载于2019年6月30日《新民晚报》）

悦悦的两次哭泣

　　正和老同学大袁在他家客厅品茗聊天，从他女儿悦悦的房间里，传出了嘤嘤的哭泣声。明人的耳朵先捕捉到了，连忙向还在侃侃而谈的大袁做了个提醒手势。大袁也竖起耳朵，慢慢地搁下茶盅。他走过去，在悦悦的门口又侧耳倾听了一会，然后叩了叩门，推门而入。悦悦的哭声好半天没止住。大袁走出了房间，掩上门，脸上却是笑眯眯的。

　　"怎么回事？宝贝女儿在哭，你还在窃笑？你这个大学校长缺心眼是吧？"明人故意加重语气。他的疑惑倒是实实在在的。

　　大袁并不着急，他端起茶盅，先自抿了一口，然后深深地吁了口气，眉眼带着一丝满足和喜悦的神情。明人更糊涂了，不至于沉醉在自己的茶香中，而迅即忘却了自己女儿的哭泣吧？

　　面对明人追问的目光，大袁缓慢地，也是轻声地说道："你老兄如果知道我女儿半年前的那一次哭泣，也一定会为她这今天的哭泣而欣慰的。"

　　"上次，是怎么回事？"明人更诧异了，禁不住直言发问。

"上次我参加家长会回来，把期末成绩单给了女儿，也给了她夸奖。你想嘛，她几门功课不是全优，就是满分，这么好的成绩，你我念书时也没有过吧。没想到，她一声不吭，拽走了成绩单。回到自己的房间，关上门，就大哭起来。我很纳闷，以为她受到了什么委屈，哭得如此伤心的。我问她，她抽泣着告诉我，她班上那位刘姓女生，也和她一样的成绩。她们并列年级第一名。我知道，那位女生也是一个学霸，悦悦老把她视为竞争对手。可人家凭着实力，也获得了好成绩，她竟然受不了了，这令我忽然很难受。悦悦当时还狠狠地说了一句：'我没把她甩开，我没赢，我是失败！'她的话，像刀插在了我的心口，我看着她好半天，说不出话来，这位眉清目秀，此刻却涕泪横流、出言重的女孩，是我心目中的女儿吗？我忽然感觉，作为一位父亲，也作为一位教育工作者，是真正失败了。这种心理不止我念初中的女儿有，现在很多大学生，很多年轻人，都有这种心态，完全是利己的心态。哦，就如你好多年前的那篇文章《白色嫉妒》里写道的：'黑色是妒火中烧、不择手段、损人利己的那种。而白色是正常的心态，她会激发人进一步地合理竞争，当属于良性互动的那一类。'"

这个"黑色妒火"可是令人太担忧、太焦虑了。仿佛为了缓解自己激动的心情，大袁停歇了一会，又抿了一口茶，才又娓娓叙述。

"我觉得这是一个危险的信号。这一次哭泣让我十分警觉，完全可以说是痛定思痛。我们的教育出了问题。

"我之后也向她讲述了许多故事。

"特别讲述了我们当年高考，一位女同学学习成绩特别好，堪称学霸了。有一次发高烧，还坚持听课，怕落下课程。学校老师对她赞赏如潮，同学也不少人羡慕她。有几位成绩也不赖，紧追她后的同学就特别妒忌她，阴不阴、阳不阳的。常常明嘲暗讽。终于有次甚至恶作剧地把一个癞蛤蟆揣在她的书包里，把她吓得大声哭泣，浑身哆嗦，好久没能康复，最后只能休学了。恶作剧的几位同学受到了学校处分，也愧疚莫及。女儿插言道：'那她现在怎么样了呢？'我告诉她，这女同学从此病怏怏的，一蹶不振，后来工作不久就半退在家。也不愿见人。每当老同学聚会提及，大家心里都隐隐作痛，难受之至。这都是黑色妒忌惹的祸呀！"

大袁说，这半年来，他不仅给悦悦讲故事，还推荐她读书，参加那些有意义的集体活动，还把明人的《明人明言微语录》也与她逐字分享。

他一脸正经地说道："真的，我不是恭维你，你的《明人明言微语录》，撇开世事功利，充满情怀。年轻人们应该读读。特别是那篇《竞争，不是全部的人生》，那里有一句，'生活是美好的，竞争的领域当然会有雄壮，有精彩，而竞争之外的世界更广阔，更柔美，也更精彩。让竞争作为推进阳光普照、社会有序、人尽其才的一种手段，而让宅心仁厚、人性的光辉成为天空的星月，微光永远。'"

"那悦悦今天又为何哭泣，你又为何如此得意呢？"明人从回忆中回到现实，又问道。

"今天，悦悦班里的那位刘姓女生，病了，也缺考了。悦悦现在和女生关系挺好的，她是为女生担心，为女生焦虑，怕女生影响高考，她们说好都要考上一流的大学的。她想着想就禁不住哭了起来。我是为她的这种念及友情、心境宽阔，而高兴呀！

（原载于2019年6月16日《新民晚报》）

阿培的生日

"叔叔，您说什么样的生日纪念，才最有意义？"在书店邂逅邻居男孩阿培，明人和他聊了一会儿，他忽然这么问道，眼眸纯净透亮。

"小伙子要过生日了，哦，该十八岁了吧？"明人笑着问道。这个孩子还蛮懂事的，但他父亲却和明人聊过，说孩子有点逆反，有时父子之间挺别扭。譬如这次高考，父亲让他报考设计专业，父亲自己也搞了大半辈子建筑设计。可儿子挺执拗，坚持报了土建工程。虽然两者还是有关联，但毕竟存有差异。父亲心情自然不爽。明人和小伙子也闲聊过，发现这孩子确实是有想法的年轻人。

"十八岁的生日，值得重视呀。要说有意义的安排，就是许多年过后，这个安排你都会认为值得纪念和回味。"明人沉吟一会，说道。阿培亮眼扑闪着，额头上的眉毛微微上翘，他显然是在思考明人的这句话。

"我爸给了我钱，说让我请同学聚一聚。我真犹豫呢！同学生日都是吃、吃、吃的，我觉得没意思透了。可我又想不出招来！"阿培直

言道。

明人想起当年自己十八岁，自己倒没重视。父母很在意。他们没给钱，是在自己家摆了一桌。除了家人外，还把邻居也叫了几个。最难堪的是，还把楼上一位明人怎么也不喜欢的同班女生也叫上了。那种窘迫，现在想来，都想往地底里钻。现在的孩子，自由多了，可以自己选择独特的方式。他拍了拍阿培的肩膀，说："好好想想，一定会找到你认为很有意义的活动的。"

这天，邻居的微信群里，有人发出了一组新年慈善捐献的照片，还附了一段文字旁白。其中一位网络老板，正举着一张模拟支票，上写600万人民币。还有一张照片是一位中年妇女，在孩子十岁生日时，向慈善基金会捐赠了1000元人民币，说她结婚后迟迟没有生育，终于在她近40岁时，生了一个孩子。从那时起，她就开始每年捐赠。这几日，孩子因病住院，她还特意赶来参加捐赠活动。

有人就跟帖道："有钱就任性。等到我赚了钱，发了财，也一定去捐赠，弄个慈善家干干。"

也有人说："用捐赠方式祈求孩子安康，也如同烧香拜佛吧。"

之后评论不断，有的意见相左，争论不休，还撩起了一丁点火药味。连阿培的父亲也发言道："慈善要有能力的。"

明人看罢摇了摇头，只发了一句："慈善时时由心，慈善人人可为。"便关上手机，忙自己的事去了。有的事多争无聊呀。

当晚，明人习惯性地看手机，发现邻居微信群又热闹了起来，明人再定睛查看，原来是阿培成了主角，说他把老爸给他请客的钱，捐给了慈善基金会，由此引发了一番争论。连他的父亲也无可奈何地表述："这还不是你应该做的事。"附和者不少。

许多邻居也为阿培点赞。凡人善举的公众号上，阿培阳光一般地微笑着，谦恭地向基金会捐赠了这笔钱。他自己说道："父亲既然把钱给了我，就可由我支配。我把它悉数捐出，是为了助学那些山区的孩子。我觉得这是最有意义的我的十八岁的铭记。"

　　这个阿培，这回又"逆反"了一回他的父亲。但明人心里赞叹：这个孩子是个好苗子！

（原载于《金山》2019年第6期）

第五

辑

蛋格路上的父子俩

这天，明人看见老李父子俩伫立巷口，仿佛在沉思什么。

这条五米宽窄的街巷，是有些年头的。巷口的那棵老榆树，便是一个明证，枝干遒劲而沧桑，树皮疙疙瘩瘩的，裂纹纵横。据说，已有上百年历史了。

秋天，老榆树的叶子黄了，片片飞旋着坠地。街巷的路面改道工程也完工了，原先的水泥路面，已换成了蛋格路，整齐崭新，又有浓郁的古色古香的味道了。

明人知道，老李父子也住在这街巷里。而且，小李还是这个项目的主管。也许，父子俩都沉浸在喜悦之中？作为老同学，明人也为小李高兴，他今天也是特意弯道来看看的。

小李见明人来，很惊喜，连忙向父亲介绍了明人，还向明人侃侃而谈这个改造工程，这些被打磨得棱角全无、光亮洁净的鹅卵石，错落有致，又组合成几何图案，既可安全放心行走，女士穿高跟鞋也不必担心，又回归了当年古巷的风采，他们在施工工艺上是下了一番功夫的。

说着说着，他忽然停下了。顺着他的目光，他的父亲独自一人往前缓缓走去，走得有点吃力。明人想快走几步，上前搀扶，被小李拦住了。他用手指按按嘴唇，暗示明人不要言语。他目送着父亲的背影。老李走走停停，一直往街巷那头走去。蹒跚的步子，走得沉重而有韧性。

明人蓦然想起来了，老李是一位老修路工。当年这条蛋格路，还是他参与施工和维护的。小李曾经告诉过自己。工作不久的小李，最早参与的，也就是这个街区的道路改造，那是把所有的蛋格路都铲除了，改铺了水泥路面。他说，动工那天前的深夜，他发现退休的老父亲竟然不在家，想到父亲这两天一直闷闷不乐的神情，他不放心了，慌忙去寻找。在这灯光暗淡的蛋格路上，他看见了父亲的背影。他走走停停，还时不时蹲下身子，似乎在端详铺在地上的鹅卵石，还伸出手，摩挲着鹅卵石，像抚弄着孩子的头颅一般。很久很久，小李没有走近打扰他。小李只觉得父亲身上有从未有过的孤单和难受。父亲终于转身回家，走近小李时，只瞥了他一眼。那一瞥，像剜了他一下，让他从中生疼，并且刻骨铭心。后来他才渐渐明白，那条蛋格路，是父亲的心血筑就，有着太深太多的情感和依恋。

小李后来说，水泥路面铺砌之后，父亲几乎不去那里溜达了，他宁愿窝在家里，或者绕道去街心公园。他没对当年的改造置喙一词，但他的心思，小李早就深深地感受到了。

时光荏苒。这条路终于恢复昔日的蛋格路了。考究的工艺也替代了以往遍撒石子的做法。当他把这计划告知老父亲时，父亲灰白的眉毛抖动了一下，不苟言笑的脸庞上也露出了一丝笑容，犹如孩童般期待的笑容。

秋风吹过，带来一阵清凉。老李折返了回来。他浑浊的眼窝里有密布的泪，在闪光。小李迎了上去，步子缓慢而坚实。那背影，与老李十分相像。他真是愈来愈像他的父亲了！

明人心里想，小李就是他父亲生命的延续呀！

（原载于2019年12月23日《劳动报》）

我是您学生

第一次见面，是在明人签名赠书的活动上。

那是一位矮胖的中年男子，圆脸、稀毛、薄唇，细小的眼睛，目光不可捉摸。"老师，能为我签个名吗？"

这种场合，叫老师是一种尊称。明人微笑点头，接过他递来的书，在扉页上写下了自己的名字。"能不能也写上我的名字？我叫李惠，您可以写'李惠同学'！"他的态度诚恳，又千恩万谢，明人不忍拒绝，不过，心里却生出一种莫名的虚无之感。

第二次见面，是在一场展销会上。明人正驻足观摩一家客商的智能产品，该公司发展势头如日中天，很是不错。突然，有人挤到身边，嗓门不轻、语气熟稔："明老师好！好久不见，这么巧！"

此时，智能公司老总在做产品介绍，这人一声招呼，形同干扰。明人皱了皱眉，那人居然又插嘴了："明老师，他们的新产品很创新，您可以多多支持！"口吻太直接，让人以为他和明人十分亲近。明人再次皱眉，却也赞了几句，毕竟，对这家公司的产品，自己还是认可的。

当晚，明人收到了智能公司老总发来的一则微信："明领导，李惠是您的学生？他想代销我们的新产品，我们在考虑。"

明人赶紧拨电话了解情况。原来，那名男子自称明人学生，还把随身携带的明人签名书亮给老总看。"这人干什么的？""他名片上写的是一家不大的销售代理公司的总经理，对市场好像是比较熟悉的，对您的作品也如数家珍。""你们按市场规则办，别受我影响，他不是我学生。"明人哭笑不得，又颇觉恼火。

这天，明人正主持会议，办公室秘书来咬耳朵，说有一位您的学生，在大堂等了半个多小时了。"叫什么名字？""李惠。"明人重重吐出两个字："不见！"秘书刚要离开，明人一个转念，叫住了他，"你让他等一等。"

会后，明人径直到了大堂，那名男子满面堆笑，刚张口叫了一声"老……"，就识趣住口了——明人铁青着脸："你，到底找我什么事？"

"哦，没……没什么，明老师，我只是来看看您。"男子舌头打结了。

"我不是你老师，你也不是我学生！以后不要再这么说了，没事，我就不陪了。"明人憋不住，三言两语把话都挑明了。语毕转身就走，他忙得两脚都扛在肩上了，不想再见到这种人了。

又过了大半年，明人出席一场招商酒会，还碰到了大学同窗、某区T区长。他俩正寒暄，岂料那名男子又冒了出来，恭敬地称呼区长"T老师"。T区长招手让他走近，竟热情地向明人介绍："这是我的学生，搞销售，有点想法，你来认识认识。"那名男子瞅着明人的脸色，有点畏葸。T区长笑吟吟："怕什么，我和明领导是老同学！"

那名男子这才毕恭毕敬地上前一步："明……明领导，T区长是我老师，您也就是我老师。我是T老师的学生，当然，也是您的学生，请多多指教。"说完，他还欠了欠身，一派绅士模样。明人不便多说什么，只是神情淡然，心里不是滋味。

后来，明人悄声询问T区长："他是你什么时候的学生？"T区长哈哈："我上次受商会之邀，给他们讲了几课，他都参加了，就一直称我老师了。怎么，我这老师不名副其实？"

"哪里，只是我做他老师，就沽名钓誉了。"明人道。

（原载于2020年1月2日《新民周刊》）

生日礼物

　　老友忻总在家举办六十寿庆，明人欣然去捧场。一大桌人，操办主持的，是忻总的女儿茹，一位在外企打拼了多年的女孩。明人差不多是看着她长大的。

　　点燃生日蛋糕前，茹站起身来，一身粉红色的衣裙和盘绕成髻的发型，让她既显得活泼可爱，又有几分成熟端庄。她向明人等几位长辈先欠了欠身，然后走至父亲面前，轻轻拥抱了一下父亲后，从包里取出了一张卡片。

　　忻总微醺的脸庞，此时滑过一丝顽皮的笑意："你这孩子，不会给我生日礼金吧？"

　　茹展颜一笑："这是一份特殊的礼金，爸爸，这是我成年时的一个庄重承诺。"

　　忻总神情凝重了些，眉毛也微微翘起。

　　茹莞尔一笑，面对着大家说："也许各位长辈亲友都不知道，我和父亲之间有一个约定。"

忻总默然无语，那眼神里似乎闪过了一丝愧疚，也有怜爱。

"十年前，父亲知天命之年。我还只有十八岁，刚上大学。父亲对我说：'从此以后你得自己养活自己了。'我以为听错了，可父亲明白无误地说道：'你成年了，要开始为自己担当了。'怎么担当？我当时的神情一定让父亲也惊呆了，就像父亲的话也令我大惊失色一般。我不知道他是什么意思，难道他想要续弦？想把我这个女儿当包袱扔了？我一时脑袋沉沉的，心里别提有多气，要知道我母亲出车祸，刚走没几年！我母亲如果还活着，他会对我说这个话吗？

"'孩子，你已十八岁了。以后你自己的学费、生活费用，都得你自己来承担了。不过，你放心，在你目前还没有任何收入，或者入不敷出的阶段，我还会给你费用。只是这些费用，都得按银行的基准利率来算利息的，你要在你觉得真正自立的那天，连本带息地还给我。'

"是的，你们别吃惊。这真是我父亲当年对我这么说的，我当时愣在那儿好久，浑身冰凉，但我强忍着，不让自己流泪。我想我这做生意的父亲，是不是太现实了，要用铜臭味驱走我们的父女情吗？

"我父亲那时也不多说话，他想用手抚我肩膀，被我的手打了下去。我咬着牙对他说：'既然你这么说了，我完全答应。做不到这一点，我绝不姓忻！'我是赌气说着这句狠话的。父亲叫了我一声：'女儿，你别乱想！爸爸，没别的意思……'我看见他的双眼含泪了，但我不想正视他，转身就冲出门去了。"

茹稍稍停歇了一下，看看各位，又说："其实父亲对我很好，这么多年一直从各方面照顾我，当然，除了费用，他只给了我一些必要的学费、生活费。这么多年来，我也是抱着尽快自立，甚至背水一战的信念，拼命学习工作的。我在读大一时，就开始给人家小学生补习功课，赚些费用，一直到念完硕士，我进了现在的公司，成为公司骨干，拿到了同龄人羡慕的高薪。我今天是要兑现诺言。我要感谢父亲，他用这种方式，提前给我压担子，让我懂得了什么叫自立自强，我真的感谢父亲！当然，大家也看到，父亲并没有续弦。其实他真找到他的至爱，我现在也会由衷地祝福他。"茹诡谲地一笑。

茹把一张银行卡，庄重地递给父亲，眼中已是泪光闪烁。

忻总接过了银行卡，抚摸了好久。然后，去了一下自己的卧室，出来时，颤动的手捧着一张泛黄的信笺。他缓缓说道："谢谢女儿的礼物，女儿真正长大了。女儿，这也是我要给你的一份回礼。我已珍藏了十多年。"明人借着灯光，发现两行老泪在他脸颊上流淌。

茹轻轻接过那张信笺，目光在纸上扫视了不多久，泪已梨花似的散落了下来。她的双唇颤抖着，叫了一声："妈妈！"然后，紧紧地拥抱住了父亲。

那是茹的母亲弥留之际，给女儿的遗言，信中告诉她，母亲怕自己走后，父亲太溺爱女儿，要求他在她十八岁时立下规矩，只有当女儿真正自立，或者过了三十岁都还浑浑噩噩时，才能把这封遗书交给她。

生日蜡烛点燃了，微光摇曳，音乐飘漾，置身此情此景，明人和在场所有人的心情，都如这烛光、这音乐一般，波澜起伏……

（原载于2019年11月3日《新民晚报》）

严老师的生日宴

　　几周前一所重点中学的校庆活动上，增加了一档"好老师"评选颁奖仪式。作为校友代表，明人被邀出席。

　　会议间隙，有位老先生拄着拐杖走到前排，校长连忙起身迎上。老先生嗓音不高，但神情严肃，问："怎么严老师没评上，听说他的票数不算低呀？"校长在他耳畔轻声说了几句，老先生听了，眉毛上挑，一脸不屑："怎么能听信这种举报呢？一封匿名信就把人家名字删了，这算公正公平评选？"

　　校长是明人的小师弟。中午在食堂就餐时，他告诉明人，学校高中部有位严老师，严谨敬业，也比较受学生欢迎，本来这次"好老师"评选是入榜的，但在公示期间，有人写了匿名信说他不合格，而其中的一个典型事例，是严老师居然邀请同学参加自己的生日宴，有的同学还喝了酒、抽了烟——无奈，学校只得把他先拿下了。那位老先生，退休的李老师，是评委之一，当年带过严老师。

　　两人耳语间，有位身高中等、体形偏瘦、面目棱角分明的中年男子，从他们不远处走过，神态自若，不卑不亢。校长说，那就是严老师。明人迅即瞥了一眼，心里生出一丝遗憾来。待严老师走出食堂后，校长又低声说道："严老师至今还是一级教师，'好老师'评上可以为职称评定加分的，可惜啊，他错过了这次机会。学校毕竟有规定，老师不能让学生参加自己的私人活动，更不允许师生间还抽烟喝酒的，这有悖师德。"

没想到，这事出现转折，并在网上火了。网友"本校生刘"发出一则信息：严老师的生日宴，何错之有？之后的跟帖、转帖，大部分是响应"本校生刘"的微文，也有的是不解和追问，希望获得更多的内幕消息。矛头直指校方，而校长办公室对舆情的处置明显粗糙了些，只说明处理结果依据评选规定，大家觉得这说了等于没说，情绪更汹涌澎湃。而后，教育部门也发话敦促学校认真调查，回应关切。几天后，学校对外表示，经深入调查，认定严老师的生日宴事出有因，匿名信所言并不属实，学校决定授予严老师"好老师"的光荣称号。

事情的真相，依然语焉不详，校长也很懊恼，对明人说自己要办公室详细表述原委，可有领导担忧此举不知会导致何等局面，就简而告之了。怎料网民并不买账，把他们嘲讽得够呛。明人劝慰了几句，网络就如同一个透明社会，有时候遮遮掩掩、反反复复，只会引发众怒。

不多久，"本校生刘"披露了生日宴的真相："据可靠消息，学校经过严格调查，这一天聚餐原非严老师生日。严老师班上一位徐同学自小失去双亲，由外婆抚养长大，那天本是行走不便的老外婆的生日，徐同学省吃俭用了一段时间，准备单独为她过生日。严老师知道了，为尊重徐同学，就说今天自己也碰巧过生日，邀请他们过来共度好时光。生日宴上只有老外婆和严老师的面前搁了酒杯，老外婆烟瘾颇大，徐同学遂为其点烟——其他同学，无一人沾烟酒，餐费是严老师付的，这是一次孝的教育。"校长随即在此微信上点赞附言："事实确实如此。学校事先事后处理不当，我作为校长在此向各位深深致歉，也向严老师表示深深歉意。"徐同学也发布了微信，对严老师和校长表示感谢。

严老师则一直没露面。校长说，他就是这样的人，他就说了一句："这是应该做的，给学校添麻烦了。"

（原载于2019年9月5日《新民周刊》）

宝 贝

　　吴雯推开门，就有一位美女趋前两步，颇有礼节地向她致意：
"欢迎太太回家。"吴雯愣了愣，"你……是谁？"她不禁发问。"太
太，我是你们家的新成员，你就叫我宝贝好啦。嘻嘻……"美女不温不
火，一板一眼，还说得挺逗，带着笑声。吴雯倒有点心情阴郁，还有点
恼火。听说晓峰有了一个新的宝贝了，今天目睹真身，心中自有几分
酸楚。

　　"太太，您是想喝点什么？茶还是咖啡？"美女口齿清晰，身子
微倾，举手抬眼都表现得谦恭而有礼貌。只是吴雯心里怪怪的感觉，
口气冷冷的，脱口而出："都可以，只是我不知道你是主人，还是我是
主人？"

　　"太太，当然你是主人，我只是仆人，你们的仆人。"美女弯腰鞠
躬，脸上依然带着一番真挚的笑意。

　　这话听着舒服。吴雯上下打量了这位美女一眼。金黄色的挑染的披
肩长发，黑色的时常眨闪的眼睫毛，白皙而精美的脸庞，五官也精致如

瓷。这不是晓峰喜欢的形象吗？当初自己也是这番模样，可惜自从有了孩子之后，又到了"七年之痒"，她懒得梳妆打扮，与晓峰也不知何时打起了冷战，若即若离起来。这不，她带着孩子回娘家住，已有大半年了。晓峰上门也好，电话、微信也好，说了好多次，她都爱理不理的。直至他有一天说："我们家多了一个小宝贝，你该回来看看了。"她才绷紧了神经。看来，这就是晓峰说的新来的宝贝吧？怎么，想以此向我挑战吗？"太太，您脸色不太好，要扶您去床上休息一会吗？"这个头也和自己差不多的美女又发声了。她倒是会察言观色，"投人所好"的，她对晓峰也十分体贴入微吧？

吴雯向美女摇了摇头。她毕竟是有涵养的，她不想失态，大吵大闹解决不了问题。

她坐在沙发椅上，看着那美女从厨房端来了一杯咖啡。是按她自己的意思没加糖的。她打量了一番美女。美女的身材窈窕，黄金比例也恰到好处地展露，一身粉红色的连衣裙，像是与自己和晓峰恋爱时穿的那套相差无几。这不是活脱脱的自己结婚前的那一版吗？

她语含讥讽，朝美女瞥了一眼，说："我倒很想知道，你和晓峰是怎么认识的？"

"太太，我和晓峰先生是在网上相见的。我们是正常的男女关系、工作关系哦。"她说得颇自然，还带着一丝俏皮。

这时，晓峰电话打过来，说："你到家了吧？我正坐高铁赶回。你等我哦，哦，对了，那个我们家的新宝贝，新成员，你觉得如何？"

吴雯笑了笑，只说了一句："如果有男性的，也请给我带一个，2万人民币我出。"

那边，宝贝发声了："太太，什么2万呀，我被卖贱了。"

呵呵，你还会插嘴呀，吴雯走上前，想轻刮她一下耳光，但临了，收住了手，在她脸上捋了一下，随即又握住了她的手，她的脸和手，都柔软而温暖，真是神奇呀！

可是她早已察觉，她的眼睛再漂亮，也没自己的生动呀。那两颗眼珠子机械地转动，还没完全人类化，哈哈，晓峰你这个家伙，这一点不会没发现吧？

她望了望新来的宝贝，那个叫作智能保姆，甚至叫智能老婆的玩意儿，得意地笑了。

（原载于2019年8月11日《新民晚报》）

月光下的婆媳俩

　　夜深了，明人搁下笔，穿上外套，又按惯例到小区走几圈。这个好习惯，有助他睡个好觉。

　　月光淡淡的，他在路口信步走着，忽然一脚踩在一堆湿乎乎的东西上。他低头一看，这松松软软的污物，已被他踢散开了，有些许还粘在了他的球鞋上。借着月光定睛细瞧，这还冒着一丝热气的，竟是中药渣子。他明白了，肯定是哪家人家，把这倒在小区路口了。很多年前，老小区常常见到这类事，但在这新建的小区，况且还是市里的文明小区，真是头一遭碰到。太愚昧了，他边嘀咕了一句，边拐向门卫处，想去找个扫帚和簸箕，把它们拾掇干净了。

　　等他拿着扫帚和簸箕走回原处时，那堆中药渣却不翼而飞了，只有水泥地上还留有一个不规则的湿印。他抬头巡视，看见前面一个女孩，手上似乎提着什么，匆匆而过。

　　翌日夜晚，还是差不多这个时间，月色也是淡淡的。明人走到路口，特意留了神，瞧见地面上果然又有一堆中药渣，还热气腾腾的，新

鲜而霸气地占据着路口。一位老太太颤巍巍的，正渐行渐远，那背影像是楼下的刘家婆婆。这个药渣，莫非是她刚才倾倒的？

正疑间，小刘从那头走了过来，步履匆匆的，手上还提着扫帚和簸箕。见明人站在那儿，竟有点不好意思了，但还是走近了，轻声然而坦诚地说道："对不起，明叔，是我妈，哦，就是我婆婆惹的事，我劝她也不听，只能跟在她身后，悄悄帮她收拾了。"

"是你在吃中药？"明人问道。"是呀，我坐月子几个月后，头疼得厉害，配了中药煎服。我婆婆硬要把中药渣倒在路口，说是让路人踩踩，我的病就好得快。我劝了好多次，她就是不听我的。"小刘带着委屈的口吻说道。"你婆婆也是对你好。她人善。"明人说。"她其实是个好人。可这种做法也太老土、太愚昧了，而且让走夜路的人踩着了，多气恼呀！"小刘善解人意地说道。明人点点头，说："老人家，得好好说，别伤了她的心就是。"小刘也轻轻点了点头。

小刘是居委会挂职的主任助理，大学毕业几年之后，应聘入选的，是个懂事的女孩。

连着几个晚上，明人都看见这对婆媳，一个前边倒药，另一个后边清除。在月光下影影绰绰，明人感慨不已。

有一阵子，这种情形消失了。但小刘的半岁多的孩子夜半常常哭叫不止，那哭叫声响亮执拗，闹得邻居都有点心烦。

这晚，明人又发现了奇怪的一幕。月光下，刘家婆婆步履蹒跚，在路口的灯箱广告上贴了什么东西。明人走过去一瞧，禁不住笑了，这刘家婆婆还真如同小刘说的老土和愚昧。那纸上写的是："天皇皇地皇皇，我家有个夜哭郎，过往君子念一遍，一觉睡到大天亮。"

就几分钟间隔，又见小刘快步走近了。她把那几张纸片撕了下来，搓成一团，扔进了垃圾箱里。这一幕，又持续了好几天。直至明人某晚发觉，楼下那个小孩的哭叫声，不知何时停歇了。那一老一少月光下的一前一后、一倒一清的情景，才不再呈现。

凝望着这灯火阑珊的幢幢住宅楼，明人想，这每一个窗口都闪现着不一样的灯光色彩，而这静谧和安宁，也渗透着多少爱和多少美妙的和谐……

（原载于2019年7月28日《新民晚报》）

机关里的兄弟俩

在拥挤的地铁车厢里，明人瞥见了一张熟悉的脸庞。他叫钱途，在某机关工作，也是明人的朋友。明人抬高了嗓音："听说近期有好消息啦？祝贺你哦。"钱途呵呵笑了："您消息灵通呀，事情八字只一撇呢！""那也应该预祝呀，你和你兄弟，在机关那么多年，也该熬出个更好的样子了。"明人老大哥似的口吻，钱途也频频点头："都奔50的人了，还都是副处级，明大哥，还是你有出息呀！""哎，也不能这么说，你们兄弟俩在机关系统还是蛮有名声的，不在官位高低，在于你们的能量和影响呀！""我就是机关跑腿的，搞行政接待嘛，上蹿下跳的，哪里称得上名声。"钱途笑嘻嘻地说。

钱途一笑，明人眼前立马浮现出他兄长钱程的形象来，笑的样子真像是一个模子里刻出来的。不过，仔细辨别，一个笑得畅快笑得随性，另一个则笑得矜持而内敛。这也反映了他们两人不同的性格，一个豪爽些，另一个文静些。"你哥哥这次没机会了吧？"明人禁不住发问。他知道他们哥俩关系还不错，此类敏感话题，并不会十分突兀。

钱途的眉头明显皱了皱："你知道的，我哥这人有点书生气，有时不讨人喜欢。"

几个月前，明人还和他们兄弟俩一起茶叙过。当着明人的面，钱途就对钱程说："我知道你嗜书如命，可是在机关，你好读书，还常在报刊上发书评短文，人家以为你是有自留地，就看不顺眼了，其实，你工作比我更尽心。"钱程开口："这是我的爱好，不占工作时间、不影响工作的，随便人家说吧。"明人听了，表示了赞成。钱途嘟囔了一句："你们读书人碰在一块，我就没话说了。不过，我也得强调，我的应酬都是有底线的哦！"

兄弟俩不在同一个处室，但都是比较资深的副处长。他们的父亲是位老工人，给他们起的名字也实在，寓意前途无量。两人都还算争气，大学毕业后，先后都进入了这个系统。发展得也不快不慢。早就耳闻，钱途做事挺规矩，和领导、同事们关系融洽，群众基础不赖；明人也听他们机关的一把手悄声说过，相比较，钱程工作能力和业绩虽不俗，就是业余时间和大家相处少了些，看书写文章的，显得清高孤僻。对此批评，明人不敢苟同，他心里虽然为钱程感到惋惜，但这次他们机关提任一位办公室主任，钱途呼声很高，而钱程少有人推荐，也是可以想象和理解的。

数月之后，明人在机关门口巧遇钱程，明人握了握钱程的手："本来已听说你提任办公室主任的，怎么忽然又来了一个大转变？"

钱程笑了，依旧内敛："也谈不上大转变，基本顺理成章。"

原来机关办公室主任的人选，是钱途的。他上下都比较看好，可是还未开始走程序，机关一把手调离了。新来的一把手据说也是一个好读书之人，在观察了一段时间后，他提名钱程作为主任人选。

可是，钱程后来找到一把手，感谢了领导对自己的关爱，同时递交了一封调离申请。一把手很吃惊，但最终还是理解并批准了，重新物色办公室主任时，钱途又被众星捧月。

钱途认真问过钱程："你是不是给我让路？"也有些机关同事怀揣此类想法，询问过钱程。

钱程说："哪有这回事！我只是要为自己找到合适的工作岗位。"

钱途履新了，钱程后来调任另一大机关工作，都干得有声有色。

（原载于2019年7月24日《新民周刊》）

刘二和他的兄弟

在市艺术馆门口，明人邂逅了刘二。他的小眼睛眯缝着，头发浓密、花白而有型，身材微胖，一看就是保养挺不错的主儿。看见刘二，明人就自然地想起他的孪生兄弟刘三了。刘二、刘三出生在建国那一年，明人小时候和他们是邻居。

"你的气色不赖！房地产搞得不错，艺术圈也在混？"明人与刘二打了招呼。"让你见笑了，如果你有时间，我带你去看一个有意思的展览，你一定会吃惊的。"刘二神秘兮兮的，把明人的好奇心诱发了出来。

"刘三这些年还好吗？"明人询问。

"过一会你就知道了。"刘二吊人胃口。

刘二、刘三都是"老三届"的，当年同去了云南插队。20世纪80年代末回城时，刘二带了一麻袋的书回来，刘三却带着一麻袋的破玩意儿，大多都是山沟河畔挖捡来的，旁人看着嗤之以鼻。

在街道集体工厂务工的同时，刘二顺利考上了夜大学，拿到了本科文凭，之后又去读了在职硕士。90年代初浦东大开发，他说下海就下海了，当起了"包工头"。多年后，他又涉足房地产开发，规模虽小，但十分稳当。到21世纪初，他已拥有别墅数套、豪车多辆，且育有娇女一位，令众人羡慕。连明人的老母亲都叹道："人家就是读书好，读书好，命也好呀！"那话里其实有另一层意思——读书不太好的，比如刘三，难成气候的样子，至今仍孑然一身。

"刘三还那么玩物丧志吗？"明人边走边问。

刘二的小眼睛闪跳了一下。他想说什么，又抿住双唇，把话咽了下来。或许，刘二此时并不想提及自己落魄无能的弟弟吧。

长兄如父。刘三在单位混了个长病假，整日鼓捣他那些"破烂玩意儿"，视之如命，连男大当婚，不孝有三的祖训都抛诸脑后了，做哥哥的刘二，不止一次劝过他。此外，刘二也够讲情分了，把一套二居室的商品房送给了弟弟；没料到，刘三半年后居然把房子转卖给他人——他的钱，都用来购置破玩意儿了，宁愿蜗居在昔日父母的那个八平方米的亭子间，与破玩意儿共居一室。

20世纪90年代初，刘三向明人借过钱，说要排队去抢买猴年邮票。为表感谢，刘三还悄悄给明人亮出了他的收藏宝货：70年代的各种票证，80年代开始收集的各种邮票，90年代收集的遍及50多个国家的纸币……花花绿绿、姹紫嫣红。墙上一排柜子里，塞满了各种国产电器，如飞乐收音机、大哥大、BP机之类，很像废品回收站。藏在壁橱里的陈旧的或瓷或铁的东西，则据说是"明清时期，甚至更早年代的"。瞥了眼刘三菜色的脸，明人暗忖：这家伙会被这些玩意儿毁了吗？

刘二带着明人到了一个门口布满花篮的展厅，门楣上竟是一位大名人的题字："天工开物——刘三艺术精品收藏展"。明人感觉异常，然后终于见到了刘三。他神采奕奕，一套簇新的中山装，整个人十分精神。明人傻愣了片刻，一时不知如何说话，倒是刘三主动上前，紧握明人的手，摇了又摇，颇显真诚热情。他的身旁，还站着一个巧笑倩兮的窈窕佳人——媳妇也有啦。

原来，几年前有个知名收藏家到刘三家去了一次，待了大半天，出来后啧啧赞叹，对刘二说："你兄弟绝对是有大学问的人，他的收藏价值不可估量；一个收件，就抵一套豪宅呀。"收藏家的相关文章发表后，刘三的藏品引起业界广泛关注。

刘三六十多岁娶妻生子。那个孩子，是在香港成功生育的试管婴儿。

（原载于2019年5月29日《新民周刊》）

两位表弟

　　明人刚拉开门，准备上车。有人叫了一声："明叔早，我是小宝，想和您说句话……"明人侧身抬首，是保安小宝。"有什么事吗？小宝。"明人发问。"我……我想请您帮忙打个招呼，把我调到物业维修部。"小宝搓着双手，有点不好意思，可是口气却说得蛮坚决。"你到维修部？你有维修技术吗？"明人瞅着他。他和他哥大宝长得太相似，不是他说了小宝，明人还真容易把他们搞混了。"我……我可以学呀，我不笨！"这一句话，令明人确定无疑是小宝了。这是小宝的口头禅，他讲了好多遍，大宝不会这么说，大宝比他谦虚得多。

　　大宝和小宝这对孪生兄弟，还是老同学单一平介绍的。他姓单，心也善，老家什么人找他帮忙，都鞍前马后操心，仿佛欠了人家什么。这对孪生兄弟是他的远房表弟，前些年来投奔他，他不嫌弃，帮他们租房、找工作。知道明人认识几家物业公司老总，就请明人帮助引荐。大宝、小宝原先都在一家酒店物业当保安，就是明人热心推荐。后来，小宝嘴碎，又不够勤快，人家就把他辞了。小宝还不服气，写了一纸歪歪扭扭的字，向明人告状。满纸都是鸡毛蒜皮的小事，根本不算什么问题。找小宝一聊，小宝还振振有词，把自己被辞一事，全部归咎于酒店方。碍于老同学的面子，明人把小宝又推荐到了小区物业。可干了不到一个月，他又嫌工资太少。明人还没去找小区物业公司经理再商量商量，经理倒找上门来，说"您介绍来的那个安徽保安，实在不怎么样呀"。"活倒是在干，可老要让人催，木头似的，蔫搭搭。他还老计较的，总觉得我们都看不起他，老是叽里咕噜的，不像话！"明人虽有所预感，但没想到这么短的时间，小宝就给顶头上司留下这么不好的印象。

　　那天晚上，单一平又上门来了。大宝、小宝也跟着。大宝还在那家酒店，当保安队的副队长，一直笑吟吟的，话不多，也很得体，对明人几次道谢。小宝的脸却像刷了糨糊，借多还少的债主表情。单一平自然还是为小宝来说情的。明人也不忍拒绝，正视着小宝："小宝，任何时候，都要脚踏实地，把分内事做好，不该说的就不要说……""我也没说什么呀，公司看人头发劳务费，我没少做，却比人家少两百。"小宝愤愤不平。"人家干了好多年了，比你多拿两百块，有何不妥呢？"明人幸亏知道详情，要不就被稀里糊涂地带了过去。"你应该好好工作，珍惜这份工作，不要……"单一平还未说完，小宝就打断："这有什么好珍惜的，就是看门狗的活儿……""小宝，这个活关系到这么多人的安居，是一份有意义的、重要的工作。"明人这么一说，小宝闭嘴了，鼻子还有丁点儿哼哼的声响，可毕竟没有发出来。

　　小宝在物业又干了一阵，经理说，他还就那个样，像是人家都欠他的。"他还计较吗？"明人问。"计较呀，发点苹果，都嫌自己拿了小的，不像是一个大男人。"经理说。明人向他致歉，请他能包涵就包

涵吧。

前些天，单一平又与明人见过。聊起大宝、小宝，单一平说，大宝倒还争气，小宝又想弄个物业维修活做做了，说这活轻松、洒脱，不像保安，杵在那里，像根木头杆子。

明人知道小宝并非榆木疙瘩的脑袋，而是缺少一种基本的东西。想到那天，单一平带着大宝、小宝第二次与自己碰面，自己就问过他俩："我上次给你们俩的题词还记得吗？"小宝搔搔头皮，半天没出声。倒是大宝立即回道："单哥说，明叔从来不给谁题词的，一见面，就给我们俩各题了一句。我一直记着，当作座右铭呢。四个字——勤奋，感恩！这可是给我们最珍贵的礼物呀！"大宝说得发自内心，小宝一脸麻木。单一平戳了戳小宝的额头，说："你真笨！"小宝翻了翻白眼，面对明人，尴尬地笑了笑。

（原载于2019年1月9日《新民周刊》）

老师的风骨

　　路过母校的门口，明人情不自禁地放缓了脚步，再一看到门口电子屏滚动的信息，他立即站住了，信息屏上发布的是：刘春根老师向学校捐赠仪式即将举行。

　　刘春根？明人眼前浮现出一个微胖中年男子的形象。刘春根老师怎么出现了？记忆迅速地回放，刘春根老师在明人的脑海里算得上是一个奇人。

　　当年他是他们的数学老师，政治上很积极，在学校也是个风云人物。那年，他们的语文老师马先生突然被学校猛批狠骂，说得一塌糊涂，其中鼓捣得最厉害的就是这个刘春根。其实马老师是一个谦谦君子，和蔼可亲，讲课也循循善诱。他朗读辛弃疾的诗也都回肠荡气，令人想象无穷。但就是这个马老师被刘春根他们批得一无是处。在当年那样的情形下，马先生被剥夺了教师资格。他被安排在行政科里打杂，是一个没戴"帽子"，但众人鄙夷的角色。

　　那年头，在操场上看见马先生——他本就患有小儿麻痹症，右腿微微有点瘸，走路缓慢而不失平稳，头发过早地白了，据说还单身着——明人心里总是升起一种怜惜。几年之后，学校恢复了马先生上课的权利，他的课大受欢迎。二十世纪八十年代初文学梦风暴一般，席卷各个角落。马先生对文学名著的熟悉和解读几乎无人可比。他成为大家心目中的君子。而此时刘春根老师就有点背运了，他被贬为实验室里的一个小科员。即便有从前种种，听说马先生还是专门找了校长说："刘春根这个后生是有能力的，应该让他发挥他的聪明才智。"

校长说："刘春根当年对你如此，你怎么还帮他说话？"马先生说："此一码，彼一码，我们应该有大爱和善良。"说罢回头而去。后来也查实，刘春根老师也无其他太过分的表现，多年之后也恢复了教师权利。后来还提任到了校长一职。此时明人又听说，因为职称不到，马先生又被派到行政处工作了，有人愤愤不平，找了刘春根。刘春根也特意找了马先生，说，实在是抱歉，因为他学历是中专，评他讲师实在有难度。马先生微微一笑说："没关系，我不会介意的。"学校网开一面，让他时不时还为同学们开设讲座，但是上课却没资格。有人说，刘春根不管怎么样还是君子，他还是帮了马先生一臂之力，给他开了一个窗户。也有人说马先生是个君子，人家根本不在乎这些虚名。天有不测之风云，在刘春根担任校长蒸蒸日上、拼命大干的时候，他被查了，说是挪用了一笔公款。后来羁押数月之后，被释放了，但撤了职。从此销声匿迹。

站在校门口，明人突然看到刘春根的名字，心里也就充满了惊诧。他走进了校园，找到了学校的礼堂，尾随着陌生而且年轻的老师和学生走进了礼堂，掌声已在礼堂里响起。站在主席台上的一个微胖敦实，同时脸上神采奕奕的男子，那么眼熟。主持人介绍，刘春根老师是真正的君子，他自强不息，在辞职的五年内与人合作，重新创业，在一个城郊接合部打造了一片桃园林。他培育的蜜桃核小、肉多、汁甜、清香，他致了富，还不忘学校，今天特向学校捐赠一百万，支持学校事业。负责人是新任校长，他用高亢的声音说道："这是真正的君子风骨，我们要为刘春根老师鼓掌。"刘春根缓缓接过话筒，显得有些激动地沉静了一会说："各位老师，各位同学，如果要说真正的君子的话，我只是做了我所应该做的，回报我学习和工作过的母校。但如果要说真正的君子的话，请你们一起鼓掌，致我们坐在底下的马先生。"随着大家的目光都往前排望去，前排有位老先生，瘦削的身材，缓缓地站了起来，他双手合掌，向大家作揖。刘春根说："在我最危难的时候，只有马老师来看望过我，鼓励我放下包袱，继续努力创业。后来我听说，也就是他专门去找了纪检部门。他说我只是工作心切，并没有挪用公款的本意，不是为了一己私利，只是程序上有点欠缺。他还给我写了一首小诗，我在这里念给大家听，《君子的风骨》——君子就是在冷嘲热讽中打磨的/君子就是在水深火热中提升的/君子就是在荣辱生死之间，寻找到属于人的质地，由此反复淬炼的/君子走出襁褓的那个瞬间，阳光也会自叹不如/君子之后凝成了神山上的那片雪峰，千年不化，孤傲而又寂寞，却拥有凛然的风骨。我要说，马先生是真正的君子，大爱和善良就是他的风骨。"掌声又一阵响起，明人的心也被激颤了。

（原载于2018年12月3日《劳动报》）

第六
辑

明星班趣闻

　　老友阿健终于由钻石王老五华丽转身，据说还娶了一个从未婚嫁的佛徒信女。明人发了微信表示关切，阿健回答得很直率："是啊，我再不结婚的话，我老娘要发飙了。她说她已经八十，我再不成家她就和我拼命了。"明人调侃他："那你不就失去自由了吗？"朋友圈都知道阿健英俊飘逸，风流浪漫得很，虽说没有真正娶妻，身边美女却从没断过，人家是一个家喻户晓的电影明星，魅力十足啊！

　　这会终于"脱单"还真是"母威天下"之故，阿健也算是个大孝子了。阿健回复了一个笑脸说："我就是一个大孝子。""听说弟媳妇还是一个善女，不会是在尼姑庵为你守身到现在吧？"这回依然又是笑脸，还加上夸张的哈哈大笑的脸谱："人家是我老同学，之前和邻班同学有过情感纠葛，想不明白脱离了俗界，但只是暂时找一个心灵寄托之处而已，并没有真正削发为尼。"

　　明人问："现在怎么又还俗了呢？是你勾引人家了吧？"阿健说："还用得着勾引吗？我们还是有点联系的，她虽然是我同学，但要比我小好多岁，这两年她父母也为她操了不少心，能够回到俗界，并和我成婚，这也是天意啊。"明人说："那应该给你们好好祝贺一下。"阿健说："那您这两天周末就来我们的聚会吧？我们北戏的明星班聚会，老邓你也熟悉，过来聊聊。"

阿健所提到的北戏是北方一家著名的电影学院，出了不少明星，他们班明星尤其多，很多人都是红得发紫了，老邓导演更是不在话下。这些年，每年都会推出一部电影作品，那些贺岁大片有不少让国人看了大喊过瘾。

那天，这个明星班的同学基本都到场，明人作为一个特殊的客人，应邀参加，含笑旁观，一边品茗一边侧耳静听。席间，班长老邓发起了一个提议："在座的离过一次婚的请站起来。"话音刚落，这些明星们，毫无扭捏，绝大部分都站了起来。老邓说："请大家坐下。"又提议道，"离过第二次婚的请站起来。"这回一半人站起身来，老邓笑哈哈地说，"本人也属于这个范围，我已经站着了。"大家都笑。待大家坐下，老邓又提议道："离过第三次婚的请站起来。"此时一位男演员，是那个在抗日神剧里经常露脸的中年明星，扮着鬼脸站了起来，嘴里还念念有词："本人，本人正在办理之中。"大家哄堂大笑，有人还敲起了桌子，竟然是荧屏上非常温文尔雅的两位女明星。待喧哗稍停，老邓又提议了："那么请原来是同学，后来结婚又离婚的站起来。"果然有六个男女，在不同的位子上，有的拘谨，有的大大方方地站起来了。没想到老邓又加了一句："请你们面对面默哀一分钟。"此时有人咪咪地笑，也有人竟鼓起掌来。

这些明星们也倒挺听老邓的话，有两位虽然坐得较远，但仍然相向地站着，像模像样地垂下了头，一副悲痛的神情。有人憋不住大笑了。老邓最后提议："原来是同学，后来结婚，现在还在一起的请站起来。"好半天竟然没有一对站起身来，大家在互相观望和等待，场面稍稍冷寂了一会，这时，一直坐在那里不动声色的阿健却站起身来，他还把紧挨在他身边的新婚妻子也拉了起来，那位妻子面容不俗，显然有几分羞涩，只听阿健清清嗓子，高声地喊叫了一声："报告班长，这里有一对。"大家的目光都扫向了他们。好半晌，只听阿健又说了一句："我们可是名副其实的。"

老邓也愣了一会，随即大拍一声桌子："大家鼓掌！他们完全符合我刚才的提议。"于是大家鼓掌拍桌哄然大笑。趁一个空当，明人和阿健咬了一下耳朵："你们是最后的胜利者，你可要坚持下去啊！"阿健脱口而出："那当然，婚姻可不是儿戏，你说是吗？"他瞅了瞅边上的妻子，妻子低垂着眼帘，轻咬着嘴唇，微微点了点头。

（原载于2018年5月14日《劳动报》）

思念的味道

　　明人与郑兄去看望老友老林。老林素谙养生之道，是明人这些朋友的义务健康顾问。他刚从医院的副院长一职退休，他们约了今天小聚。

　　老林的老伴拾掇了一桌菜，够丰盛的了。老林扫视了一眼，又一头扎进了厨房，不知在里边鼓捣什么。老伴入厨瞧了瞧，和老林咕噜了几句，脸色不悦地出来了。明人和老郑都以为老林又在加补什么大菜呢。明人去劝阻，看见老林正用心地剥着皮蛋，剥了好多个，还倒了温水浸了浸，随后，把它们一个个置放在盘子里。皮蛋深绿色，光溜，挤挤挨挨的，别有一番景致。"嫂子都弄了这么多菜了，你还添上这个干吗呢？"明人和老郑都说了这句话，还有一句，是明人在心里嘀咕的，没说出口。

　　开席之后，老林也不劝明人他们吃皮蛋，自己连吃了两个，细嚼慢咽，若有所思地品味着。这皮蛋多吃，对身体不利。很小的时候，家不丰裕，明人父亲也时常自制皮蛋，在逢年过节食用。明人也特爱吃。长大后知道，那东西含铅量高，会伤人神经和脾胃。以后就对它偶尔食之。老林是养生专家，应该懂得这个道理，可他今天吃皮蛋的劲儿，有点让人困惑了。他老伴就憋不住，直言劝他了："皮蛋好吃可不是好东西，你今天吃这么多，犯啥病了？"瞥了一眼妻子，又看到明人和老郑同样疑惑的目光，老林轻轻叹了口气，说："给你们讲一个故事吧。我小时候的故事。"

他目光深幽，缓缓说道："小时候，家里穷，吃不好，也吃不饱。嘴常常馋得不行。有时，被馋虫逼疯了，就把老爸腌的皮蛋偷偷洗了，剥了吃了。几天里，就把它吃得一个不剩。为了担心老爸会发现，我就偷偷地捏了好多团泥巴，捏成一个个皮蛋腌着的形状，把它们放在原来的器皿里。那年春节到了，老爸把它们取出，剥了第一个，一使劲，只有一握碎土。又剥第二个，还是这种样子，一一剥下去，竟然都是泥土丸子，皮蛋不见踪影了，他恼了，'一定是你这小子捣的鬼。'他一骂我，我就撒腿开溜了。我一晚上没敢回去，在山野里晃荡了一夜。我听见父亲的喊叫声，但躲在树丛里，没敢应声。我无法还回那些皮蛋了，我怕父亲揍我。

"我是在田埂上昏睡时被父亲找着的。他用自己的外套把我裹上，抱着我回家。他走得趔趔趄趄，我醒了，不敢吭声，假装睡着了。

"第二天，待我醒来时，母亲告诉我，父亲昨晚一夜没睡，在村里到处找我。今儿一早，又去亲戚家借鸡蛋去了，今天是大年夜呀。当天，父亲没骂我一句，只是把煮鸡蛋放在我面前，说'吃了吧，这个好吃'。

"过去那么多年了，老爸已过世。每每想到那一幕，我就会掉泪。我怎么会不知道皮蛋不能多吃呢，我是养生专家呀。我不是吃皮蛋养生，我是在回忆，是在思念我老爸呀。"

明人蓦然想起，这天是国庆节，也是中秋节，这是最引人怀念的日子呀。

（原载于2020年11月1日《新民晚报》）

红 娘

那天建军节，明人与几位老战友相聚，听闻了这则故事。

汪丰婚礼，特邀刘军证婚。好友，又曾是一个连队的战友，刘军当仁不让，这天拨冗就赶去婚礼现场了。

老远，汪丰就迎了上来，一身装扮，让他愈见潇洒倜傥。"大哥您来了，我太高兴了。""汪弟婚礼，岂能无故缺席。"刘军塞了他一个红包，笑呵呵地说。他们一同转业也快两年了，转业前就听说汪丰与当地的一位小学老师好上了，而且真是乐不思蜀呀。两年多，他们修成正果，刘军为汪丰高兴。

新娘与刘军是初次相见，长得也秀气甜美。她也甜甜地叫了一声："刘哥，我们汪丰老是说到您呢。说您的好呢！"刘军抱拳："岂敢岂敢，都是战友加兄弟。祝福你们呀！"

他们正寒暄中，有个显然是新娘闺密的女孩一路喧哗地走来："哎哎，新郎怎么一回事，原说你新郎叫刘军的，怎么现在换成姓汪的了，奇怪奇怪。"她这一叫嚷，急得新郎新娘面红耳赤，拼命摇手。刘军听了也一愣，有点丈二和尚摸不着头脑。幸亏又一拨客人到来，把刚才的场面迅速冲淡了。

婚礼既庄重又热闹。刚证婚完，主持人为调节一下气氛，带着欢闹的口吻，问新郎新娘："现在你们可以回答大家久压在心里的一个问题了，你们是怎么认识的？你们的红娘是谁？"刘军也笑着插科打诨地说了一句："是呀，你们的红娘是谁？我这个证婚人都不知道呀！"

汪丰开口了，笑眯眯地看着刘军，一字一顿地说："红娘，就是您！"刘军一愣，又瞅瞅新娘，新娘竟然笑意盈盈，又不无羞涩地点点头："是您。刘军大哥！"只听到那位新娘的闺密又喧宾夺主似的高喊了一声："我说的吧，这里有故事。""老实交代，老实交代！"大家一阵嚷叫。

汪丰接过话筒，向大家，也向着刘军深深鞠躬，也不无幽默，落落大方地说："我一定交代。"于是，一五一十地叙述起来。

两年多前，汪丰作为通信兵，给当地小学去送一封公函。在路口，他找不着方向了，就向一位正巧走过的年轻女子询问。年轻女子热情地指点，还说她就是这个学校的老师，可以随她一起走。当她知道他是附近驻军的通迅兵时，就向他打听是否认识一个叫刘军的。汪丰问她："你怎么认识他？"那女子说，她读过晚报上他的诗，名字前署着部队的代号。诗写得真不错。作为刘军好友的汪丰立马说，他就是刘军。"真的？"女子似信非信，汪丰当场背诵了刘军的好几首诗，让女子颇为信服，也甚感幸会。他们互留了电话，开始了接触，起先谈诗，后来谈及其他，终于谈起了恋爱。直到有一天，汪丰带女孩拜见自己的双亲，她惊讶地发问："你姓刘，你爸怎么姓汪？"这时，他才如实道出了原委。而此时他们早已心心相印、如胶似漆了。

婚礼上，他们反复向刘军敬酒。这里有感谢，也有一丝歉意。

多年后，汪丰带着妻子来看望刘军，刘军的新婚妻子生育了个胖小子。他们再三说，当年的红娘，是刘军哥。刘军说，红娘真不是刘军，应该是文学，是诗。"不过，"他指指此时正半倚在床上、腼腆地微笑着的妻子说，"我们之间的红娘，是你们呀。"汪丰他们也大呼小叫起来："当然了，红娘是我们！"汪丰太太说："你这个闺密，在我婚礼上，开始向刘军哥进攻的吧。"他们欢笑起来，忽然意识到那边还有个刚满月的宝宝正酣睡着，连忙压低了声音……

明人曰：看似阴差阳错，其实缘在其中。

（原载于2020年8月30日《新民晚报》）

锅碗瓢盆和谐曲

老傅师傅是明人的忘年交，他告诉了明人这一个家庭故事。

那天，老傅师傅老两口饭后散步回到家，老伴径直走进厨房，"咦，刚才一水池的锅碗瓢盆哪里去了？"再扫视了一下厨房，见铁锅搁在熄了火的灶头上，洗得干干净净的。老伴心里便生出些欣慰，媳妇终于动手洗碗了。

儿子和媳妇不和老两口住。他们只是隔三岔五地来探望他们，自然也蹭上一顿午餐或晚餐的。之前吃完了，也就说声"拜拜"就告辞了，留下满桌的杯盘狼藉。老伴也不怪他们。他们来，就是老两口快乐的时光。

可近年来，老伴干点活就时常累得腰酸背痛的，留学回来的小孙子察觉到了。每餐之后，他便主动去洗碗，让老伴坐着休息。这把老伴乐得合不拢嘴。

儿子目睹小孙子这般懂事和主动，就坐不住了。有几回，饭后，他见小孙子站起收拾碗筷，也连忙站起身动起手来，帮着甚或抢着把锅碗瓢盆洗刷了。

这两天晚上，儿子和孙子都外出了，媳妇来吃饭。演员出身的儿媳，一双手白皙而细嫩，早知道不是干这粗活的料。可老伴毕竟年老体弱了，她总不至于熟视无睹吧？

这天晚餐后，老两口把锅碗瓢盆都搁置在水池里，也不急着洗刷。他们对儿媳说，他们想去小区溜达一会，这有意无意地留下了一段空间余地。

"你觉得媳妇会洗碗吗？"在楼下溜达，老伴还幽幽地问了一句。老傅很洒脱："我看会，就是不洗，也可以理解。反正都是我们的孩子，别为此郁闷呀。""那当然，都干了一辈子，我会有什么怨言。他们毕竟是孩子。"老伴也宽谅地一笑。

没想到，水池里空空如也。媳妇竟然真把碗筷清洗了，老伴心里好不高兴。

连着几天，老两口饭后散步回来，水池里的碗筷都不见了，媳妇真不赖呀！老伴心里感慨着。

可渐渐地，老伴发觉了异样，怎么碗橱里的瓢盆少了？老傅师傅说："你真是脑袋瓜子坏了，怎么好这么猜测怀疑什么呢？碗筷又怎么会少呢？吃饭也吃不下去呀。"他笑呵呵的一番话，把老伴也逗笑了。

后来的一天，老伴把碗盘点了点数。过几天，又暗暗点了点，还诚如老傅所言，一个都不差。她内心责备道："我真是老糊涂了！"

这天，儿子来了，白天出去了一会，带回一个沉甸甸的挎包。老伴不小心碰了一下，儿子大惊小怪地竟把挎包挪开了。老伴怕儿子在外惹事，他大小也是个官儿，拿了不该拿的，是她和老傅最忌讳，也是反复督促提醒的。

　　她趁儿子上厕所，打开了挎包，竟是一叠簇新的碗盘，和自己家里常用的式样花纹都一模一样。她没吱声，但到晚餐后散步回来，她发现那只挎包空瘪下去。她很纳闷，儿子的碗盘变戏法似的哪去了？

　　她心生纳闷，可是见儿子、儿媳都还忙着洗刷水池里的锅碗瓢盆，脸上的笑，又如水波一般荡漾了。

　　有一天，儿媳不好意思地对老伴说："我做错了，还望妈妈别生气哦。"老伴皱眉了，媳妇做什么了，怎么向她道歉？这些天，锅碗瓢盆都是儿媳和儿子洗的，碗橱里碗筷放置得整整齐齐的，好像不少还被洗涤得更加新了。

　　她与老傅卧室里咬耳朵。老傅才托出了谜底：儿媳怕洗碗，曾经把没洗净的碗盘扔到户外。老傅在室外溜达时发现了被丢弃的碗盘。他没吱声，怕老伴生气伤神。只是悄无声息地买了碗盘补充进去。结果，儿子回来也发现了，说了儿媳，还把老傅买了碗盘补上的事，也都说了，自己也买了一叠碗盘。儿媳深感羞惭。

　　一切都风平浪静。谁也没有再提起这件事。可饭后，抢洗碗筷的事，在三代人之间时有发生。

　　老傅师傅叙述着，明人耳畔仿佛响起了悦耳柔和的乐曲声。

（原载于2019年4月7日《新民晚报》）

演员老婆

这对小夫妻真有说不完的有趣故事。他们都是明人的好朋友。男的是上海土生土长的，女的来自北方某省。

那天，老公下班回家，老婆告诉他："隔壁有谁老是来敲门。"老婆是演员，这段时间没演出，待家时间多。"你可以不理睬他呀！"老公断然道。"我怎么睬他了！你不信试试。"老婆拉下脸来。也许是因为演员身份，所以碰到什么事，常提议要表演一番，走走场。"试什么试，上班已够累够烦了！"老公也没好脸色，瓮声瓮气地说。"来嘛，就试一回。"老婆撒娇了。老公已换了一身睡衣睡裤，热茶也没喝上一口，就被半推半拉地拥出了门外，老婆转身进了屋，把门关紧了。

老公憋不住立即敲门了。里边毫无动静，又敲，还是不理不睬。猛敲，仍是一片死寂。"好了，好了，该开门了！"老公受不了了，他穿着单薄的睡衣，深秋的过道里，凉飕飕的，禁不住打了一个寒战。可是家门一动不动，屋内也不见一丝回音。他急了，开始擂门，咚咚的，震耳欲聋，隔壁人家都打开门，探身望了望。他家的门还固若金汤，纹

241

丝不动。他恼火了，又一阵猛敲，门才缓缓打开，露出老婆那张冷冷的脸："你怎么这么敲门！""我……我待在门外这么久，都快冷死了，让我进屋吧。"老公说着，推了推门，左脚刚跨进门，还未落地，就被老婆一把推出了门。这一把很突然，劲儿很大，猝不及防的老公竟然跌出门外，一时控制不住自己，身子滚下了楼梯。

摔在楼梯下的老公龇牙咧嘴地爬了起来，再抬眼看了一下自家的房门，竟又死死地关上了！他怒火中烧，真想拨了110，告她个蓄意谋害，但稍稍冷静了一会儿，也就作罢了。但他气不过，爬上楼，狠狠敲了门。门这回迅速开启，老婆的脸仍是刷了糨糊似的。"你怎么……怎么这么冷酷！"老公斥责道。"我不是对你冷酷，我是告诉你，我就是这样对人家敲门不理不睬的，如果敢踏进我门槛一步，我也这样坚决把他推出去！""你还当这是在演戏呀！你差点要了我的命！你看见我跌下楼，怎么也不来扶一扶，问一问，竟自顾自地把门关了？有你这样的老婆吗？！"老公不可思议地摇了摇头。"说好是演戏的，出点血，刮破一点皮，算什么！我们演戏也这样，哪有你想的这么轻松浪漫，连隔壁人家有人敲门，都这样小心眼！我就要把最真实的情景，最直接地告知你！"演员老婆还振振有词呢，类似事例也不止一次、两次了，这次显然太过分了，可上海男生的老公想想，也自我消气了，这不是追了好多年，才如获至宝的老婆吗？她就这个德行，一个钱币有两面，她平时温柔起来也是令自己神魂颠倒的，有苦有甜，都是自己的命，有何可以太多埋怨的呢！他又重重地甩了甩脑袋，像是要把不快甩走，老婆也已从表演状态回到了现实，满脸柔情，小手抚摸着他的脸，询问他摔伤了哪里，疼不疼呀……

小夫妻告诉明人，有一次在演员剧团，老婆的同事打趣道："你怎么找上这么一个在国企上班的男人呀？"老公原来口笨嘴拙，这回却说得挺顺溜："你们女演员也总要嫁人的吧，在上海，嫁个上海男人，不是福分？"老婆笑了，大家也跟着笑。

　　碰到老婆的闺密，她知道他们的诸多故事，故意问："你老婆是搞艺术的，你是搞什么的？""我是被艺术搞的。"说得干脆利落，虽然未免粗俗，但也是真正的大实话，大家都哈哈笑了。

（原载于2019年3月4日《劳动报》）

多喝点温开水

在美丽的亚得里亚海边——克罗地亚，我遇见了当地的小伙子，迪达。迪达曾在上海留学过，能说一口流利的中文。我问他："当时你在上海留学，印象最深的是什么呢？"

迪达毫无迟疑地说："我和你说个故事吧，毕业的时候，学校教务长让我代表留学生致辞，我一上台就带着调侃的口吻对大家说，'请大家多喝点温开水，我要开始演讲了。'"他接着说，"在上海的这四年，我觉得这里有一样东西特别神，你们知道是什么吗？是温开水。只要我身体不适，比如感冒了，我的中国同学就会关切地询问我，有没有发烧，有没有看医生，之后，又会叮嘱两句，要多喝温开水。"

"那次我胃痛，饭也吃不下，我的可爱的同学又来关心我，最后叮嘱我，多喝温开水。那天我起床晚了，头有一点发晕，同寝室的室友也是让我多喝温开水。"他说，中国的温开水竟然这么神，似乎能包治百病。会场上滚过了一阵笑浪。

我说："这故事就完了吗？"

迪达说："没呢,我留学时还碰上过一件事。我的一个室友失恋了,非常痛苦,几天几夜,不喝不睡的,其实这个室友人长得挺帅,学习也挺优秀,我就不明白,什么样的女生就把他甩了呢?我把他从床上拽起来,说是哪个女孩这么没有眼力。'走,哥们帮你去理论理论。'那同学自然不愿意,但被我三缠五纠的,他把那女生的房间号和名字告诉了我。到了女生宿舍,我让宿舍阿姨把刘莎叫了出来,问她:'你把我哥们给抛弃了,这么好的哥们,我就想问问你,是什么原因。'

"那女孩竟然笑不露齿,非常镇静:'你问我,那你为什么不去问问他自己呢?'

"我说:'人家为你不吃不喝的都三天了,你不应该去看看人家吗?'

"那女孩反问我:'那你要我怎么做?'

"我说:'你应该去看看他,至少也要托我带句好话去。'

"那女孩眼里闪过了一丝调皮,她对我说:'好啊,那你就跟他说,好好休息,多喝点温开水。'说完她转身就走了。我愣在那里,半晌说不出话来,一时未能琢磨出其中的含义。

"回到宿舍,我忍不住,还是把这句话向那个可怜的家伙转达了,没想到那个家伙竟然像打了强心针似的,突然从床上蹦跳了起来,'我明白了,我知道自己错在哪里了。'说完他急急忙忙地奔出门去。再回来已经是半夜了,那小子吹着口哨,一脸得意扬扬。

"我说:'怎么,失而复得?'

"小伙子很得意,对我拱手作揖:'感谢感谢迪达兄,幸亏你帮我转达了这一句话。'

"我当时就纳闷了,这句话到底是什么意思呢?话中难道有话吗?

后来那个仁兄还是告诉说：上海的这些女孩，最痛恨的就是男朋友说这句话，说我病了你也不来看看我，也不来给我送点东西，而在电话那头让我多喝温开水，这算哪门子事。我似懂非懂地点点头，不管怎么说，我心里也有点陶醉，毕竟我助了室友一臂之力，把这段爱情挽救回来了。"

半晌之后，我举起了杯子，轻声地对迪达说了一句："来，迪达兄弟，我祝你快乐，也别忘了多喝点温开水。"

（原载于2018年10月21日《新民晚报》）

谐女蓓蓓

　　西安女孩蓓蓓，圆脸杏眼，俏鼻薄唇，唇边有两个小酒窝，一笑就显几分甜美。蓓蓓是舞台剧的一个演员，虽然走在街上算不得回头率很高，那模样也是不赖的。她的老公俊俊是一个杭州男孩，他们在上海念书时巧遇，经历了爱情长跑，两人终于成家了，其间自然也有很多起伏跌宕，现在已经有了孩子，生活还挺不错。一个在演戏，另一个在国企工作，倒也琴瑟相和。他们都是明人的好朋友，有时候这两个小夫妻会借着酒兴，抖落他们之间的一点趣事，很好笑。明人于是摘录之，以飨朋友。

　　先说蓓蓓的一则故事。有次在舞台上演出，蓓蓓扮演一个死去了的女孩，她仰躺在地上，戏中男友半卧在她身上，正悲痛欲绝。蓓蓓从微启的眼缝里，瞥见男演员鼻孔正垂掉一缕清涕，而且越拉越长，正对着她的脸，毫无疑问，稍过不久就会滴落在她脸上，她浑身鸡皮疙瘩，神经绷得紧紧的。就在男演员的清涕即将落下时，她忽然动了动身子，脸往外侧移动了一下，这一幕让男演员愣住了，鼻涕也甩在了地板上，他一时不知怎么演下去，本来死的人又复活了。但那男演员还算机灵，马上加了一句台词："你还活着吗？你还活着吗？啊！你真的走啦？真的走啦？"台下的人都一无所知，几乎没看出这里的破绽，只是导演和剧组的人不知蓓蓓怎么竟然动弹了，都一身紧张，幸好这戏给应付过去了。随后，蓓蓓给大家讲了原因，她讲得形象而又逼真，把那男演员弄得满脸通红。这也成了他们团里的一个段子，经常被提起和流传。

俊俊说有天晚上，他在客厅看电视连续剧，正看得津津有味，突然听到卧室里传出一声凄厉的大叫。他飞奔进屋，以为太太遇到什么变故，没想到蓓蓓好好的，盘腿坐在床上，平静地看着老公俊俊，俊俊问她"怎么了？"蓓蓓翻了翻眼皮，并不理睬他。右手按在自己的左胸突然就倒在了床上，仿佛被枪弹击中了。俊俊一看就知道她是在演戏，又跟着骂了一句："真是个神经病！"蓓蓓这回睁开了眼，说道："你应该问我，'党费交了吗？你还要跟组织说什么吗？'"说完自己先咯咯大笑起来了。俊俊气呼呼地骂道："你犯什么神经病！"刚才观剧的好兴致都被蓓蓓搅乱了，他很懊恼。蓓蓓跟了出来，反而责怪他："你怎么这么不懂事啊？你不知道我是在背台词，在排戏吗？一点都不配合，难道我演得不逼真吗？"她那种调皮的模样让俊俊哼哼地笑也不是，骂也不是。

那天，他们全家到大连海边游玩，俊俊看到大海，游兴上来了，穿着游泳裤下海了。蓓蓓和七岁的儿子胖胖在海滩边上也在玩耍。游了一会儿，俊俊上岸，却找不到可以换衣裤的地方，蓓蓓说，那还不简单，来！我和儿子帮你遮挡。她拿了一块大浴巾，和儿子把俊俊胸部以下的大半身给挡住了，俊俊把自己的泳裤脱了，还没来得及套上干净内裤，突然蓓蓓把这大浴巾给撤下了，带着儿子飞奔着逃离，把俊俊赤身裸体地撇在了海滩上。俊俊连忙一边用衣裤挡住自己的隐私处，一边吼叫着："快过来，开什么玩笑！"可是他们娘儿俩哈哈大笑着，完全不顾及他，越走越远。蓓蓓还回头扔了一句，把脸遮住就可以了，脸是不一样的。俊俊气得牙齿咯咯响。待他穿好衣裤找到蓓蓓，怒火中烧："你到底怎么回事？嗯？我怎么会认识你这样的人！"蓓蓓回笑道："你刚刚才认识我啊？我就是这样的人啊。"俊俊被她逗得又是哭笑不得。

　　这事在朋友圈传开，有人说蓓蓓有点过分了，问俊俊。俊俊笑呵呵的，倒是毫不在意的表情。谐女蓓蓓的称呼由此也传扬开了。

（原载于2018年6月25日《劳动报》）

夏天占领了你封面

好不容易挨到了偌大的一盘火锅冒出了袅袅热气，老白却忽然站了起来说：对不起，要告辞了。大家都很惊讶，刚刚落座说好一起吃消夜的，怎么突然就走人了呢？老白老实交代："太太来电了，说有要事催我回。"

看他这副模样，大家也不好挽留他，看着他噔噔地走了。瞅着他的背影消失，有人嘀咕了一句："这小子这几个月真的像变了个人似的，他到底怎么了？"另外一个也说："就是，他以前和我们喝香的吃辣的，哪次不是搞到下半夜，现在都不大看到他人影了。即便到了也只是露露脸，连东西都不吃什么。"

明人也觉察到了，说："你们不觉得，这老白人也消瘦了很多吗？"

"是啊，他原来两百多斤的大块头，现在明显消瘦了，脸形下巴都瘦削了。你看他的肚子都平缓了，哎？这小子到底怎么回事？"

不久的一个周末，老同学又聚，老白这次准时到了。大家笑话他："是不是你现在越来越怕老婆了，老婆微信一发，你就立马撤退回家。"大家说笑着，边开喝起来，老白早就改变了模样，小口小口抿酒。大家故意敬他，让他喝满杯。他说："悠着点吧，岁月不饶人。"

明人说："我们都是一样的年龄，你怎么卖起老来了？"

老白一笑说："我们当然都是一样的年龄，可是也不如之前了，真的要多保重身体啊。"说着，又瞥了一下自己的手机，"哟，老婆又来微信了。"

有人说："把你的手机给我们看看。"大家一哄而上。老白求饶不过，只得乖乖把手机交出来。明人顺着他打开的手机屏幕一看，上面写的是这几个字："夏天又占领了你的封面，你看着办吧。"明人看了自然不明白。

老白又得意地笑了，说了一句："你们看看我减了多少重？"这回大家又七嘴八舌猜测起来，明人猜得八九不离十："至少二十斤吧。"老白说："还真是的，我感觉到自己轻巧了许多。"

"你怎么减肥的？还有夏天占领了你的封面，究竟什么意思？"

"你们不知道夏天是谁吗？"

"谁？谁是夏天？"

"哎呀！我们同系同届的那位夏天呀！"

哦！大家渐渐想起来了，这个夏天可是他们学校的翘楚啊！后来到了美国深造，据说留在那里成了科学家。"咦？你怎么和夏天联系上了？"有人说。

老白说："半年多前，我太太在街上碰到过他，他竟然提到了我，还把这微信给了我太太。"

明人颇为诧异，他皱紧了眉头，说："这不可能啊！我和夏天是有联系的，他这几年根本没有回国，不信你们可以看看。"明人把夏天的微信给大家展示了一下。微信昵称是夏日炎炎。

老白就发话了："这不对呀，夏天的微信就是夏天呀，怎么是夏日炎炎呢？难道他有两个微信？"

明人寻思了一下说："不太可能啊，我就是和他用这个微信联系的。"说罢，还把夏日炎炎的微信打开，把他的朋友圈的相册也展开了，偶尔有几张夏天的工作相片，当然更多的都是他所涉及的科技方面的一些短文。

老白也把他那个夏天的微信打开了，可是朋友圈只有一条横杠，让老白立时空落落的。

明人说："恐怕你这个不是夏天的微信吧，和他聊过天吗？"

老白说："我太太关照的，说夏天很忙，不要打扰人家，有个微信加上了就可以了。"

"那夏天占领了你的封面啥意思？"

"'你看人家夏天这么忙，但他每天快走都是两三万步的，人家科学家还坚持锻炼，看看你这副熊样。'我想想对啊，我比不上人家发达，在身体健康上不能输给人家吧。于是我也就奋起直追啊，每天只要看到夏天占领了封面，我就坐不住。消夜更是不敢吃。"

"你这半年就这么坚持下来，减了这么多？"

"是啊。"

"看来你还要归功于这个夏天啊。"

老白肯定地说："不过你现在让我搞糊涂了，我这个到底是不是我们那个同校同届的夏天？"

明人也摇了摇头，无法回答。

几天后，答案揭晓了，老白当天回去追问太太，太太如实告知，看他这副懒样，她不得不把老白一直追崇的夏天搬了出来，用夏天来刺激老白。果然还真把他逼到位了。

那这夏天到底是谁啊？

他太太说，这个夏天是她闺密的老公，人家是市田径队的长跑运动员！

（原载于2018年8月19日《新民晚报》）

托 付

　　半年内，明人三次探望老友刘猛。这一次，他最为心痛。刘猛已被病魔折腾得不成人样了，原本魁梧壮实的身躯，已瘦骨嶙峋，只剩一个架子了。曾经丰满红润的双颊，现已皮包骨头，苍白塌陷。明人明白，这位著名的上市公司的董事长，已到生命最后的时刻了。他握着刘猛软软的手掌，克制着悲伤，但心头早已抖颤不已。

　　"你来，正好，我有话想对你说。"刘猛半倚在床上，有气无力地对明人说。

　　明人更握紧了他的手："你有什么话，尽管说。"这是30多年的老友了，他们虽从事不同职业，但友情深厚，是可以交心的老朋友。

　　"你知道，我一直想设一个爱心基金的。现在是时候了。"刘猛缓缓地说道。

　　明人轻轻点了点头。这事他们哥儿俩几年前就谈论过。刘猛说退休之后，就把自己所有的资金集中起来，设立一个爱心基金，去帮助那些需要帮助的人。当时，明人就问："你儿子不会有意见吧？"刘猛说，他儿子在国外自己做生意，做得还可以的，"他干他的，我干我的，他自立得很，用不上。""不过，话说得太早了。你退休还有十年呢！不会到退休时，想法就改变了？"明人打趣道。刘猛却摇了摇头，说："这不会，以后我再告诉你，这是为什么。"没料到，还未退休，刘猛就身患绝症，生命已进入倒计时了。人生真是无常呀！明人在心里感慨唏嘘。

说话间，刘猛的秘书小华叩门而入，他给刘猛端来了一碗鸡汤。看着他喂着刘猛，刘猛艰难地吞咽着，明人侧过头去，不忍再看。刘猛总算喝了小半碗鸡汤。秘书小华重又退出了病房。刘猛示意明人坐近自己身边。

他说："小华这孩子，你老兄要帮我多关心。""小华？那自然，他都跟随你这么多年了。我当年还建议你提拔他担任高管呢，还都是被你否定了，我想是你舍不得让他离开你身边吧？"明人笑着说。换个话题，或许可以让气氛轻松些。

明人注视着刘猛的眼睛，刘猛竟然摇了摇头，苍白的脸上闪过一丝微笑。"你知道，我是怎么认识小华的吧？""当然知道。"明人回答得也挺干脆。正因为知道小华的故事和为人，明人才几次向刘猛做过推荐。

那年，刘猛还刚在一家银行上班，第一次负责一笔贷款。谈好协议，他就提着公文包上医院，看望住院的老父亲。离开时，太匆忙，竟然把公文包落在过道的长椅上。里边不仅有刚签的双方协议，还有一笔贷款人悄悄塞进皮包的巨款。刘猛是准备看完了老父亲之后，再折回送还的。不料把这么重要的公文包给落下了。

因为脑子里千头万绪，他坐车十多分钟后，才发现公文包不在身边。连忙让出租车掉头，到了医院狂奔着寻找。病房的长椅上空空荡荡。他来不及多想，就往医院的保安部走去。在那儿，他见到了小华。那时小华还是一个羸弱的小男孩。穿着俭朴而且有点脏乱，目光却透着一种清澈和纯净。保安介绍说："这孩子发现了公文包，在病房长椅上等你很久了，说失主一定很着急。我们把他请到办公室一坐，他一直不放心，让我要尽快找到你。"保安话音刚落，小男孩就说："叔叔你看看东西都在不在，若没什么遗漏，我就走了。"

刘猛打开公文包，连看带摸的，发现东西一样不少，他刚说了一声："东西没少，谢谢你，小朋友。"小男孩便笑着站起身说："不用谢的，那我走了。"望着他消失的背影，刘猛想起了什么，叫了他一声："等等，我应该好好谢谢你。"男孩只是回了一句："不用的，应该的，再见叔叔。"声音在楼道里清脆地回响，脚步声则渐渐远去。

这时，刘猛才从保安处知道，这孩子的父亲患了大病，在医院住着，他们家没什么钱，治病也要花很多钱，但孩子看见刘猛公文包里的钱，毫不动心，分毫不差地把它归还给了刘猛。刘猛甚为感动，不久，就找着了这个小男孩。几年后，刘猛自己下海了，就把男孩招至自己麾下，还让他读了业余高中、本科等学历，他就是小华，跟随了刘猛20多年。前些年刘猛把小华提到身边任秘书。

刘猛说："小华放我身边，是我的一面镜子。他纯朴、善良、有爱心。在我身边，无形地提醒我，做生意要本分，要诚信，赚也是赚取那些明白的钱。"

"哦，原来你是这么考虑的！"明人有些诧异，"所以，你迟迟不愿提任他，怕他离开你身边？"

刘猛的脑袋轻轻晃了晃，他吐出了两个字，很轻："不是，还有一个原因。他是实在的人，但并非精明的生意人。我不能害了他。但爱心基金适合他来做，我拜托老兄，好好地帮助他。"说完，他瞥了一眼老友明人，明人点了点头，那模样也很坚决、真诚，刘猛苍白的脸上闪现出了一抹笑意。

（原载于2019年5月13日《劳动报》）

门岗刘二

局长太太打电话向明人告状："那个锦绣支路口的门岗太认死理，我们局长的车都不让过！"

明人和她老公是老友，估计局长兄弟是事先忘了报车号。按照程序，车号经处室一转，落在岗亭的单子上，没一辆车是不能过的。吃饭的碗，门岗还是要小心捧着的。何况此时的门岗刘二，听说上有老下有小，老婆也早退休了，自己能被返聘，是求之不得的事，岂敢怠慢。

找了一个空当，明人自己把车拐到了锦绣支路。这条路来回双车道，十多米宽，两公里长，本来车辆不少，但道路两侧，多是民国甚至明清年代的老建筑，经不起车轮滚滚的震动折腾了。市政府正在研究修缮的方案，在方案未实施落地之前，只能暂时将道路限制通行。路东即是市政府行政服务中心，还有一些住宅小区和公共设施。绕道走，车程要增加好几分钟。所以，设卡的部门，如果接到上级临时准许的指令，也会及时下达到门岗，让他们予以放行。但这毕竟不公开，也很严格。这么一来，有的人心里不爽，在所难免。

明人把车驶到门杆前，摇窗示意门岗抬杆。好半天，岗亭玻璃映出一个头发花白的瘦老头的脸庞，刚才似乎埋着头在桌上检索什么；这会儿，却是视若无睹的神情。明人无奈地下车："不能通行吗？"刘二摇了摇头："不行。"明人又说："我这车没通知你们吗？"刘二眼皮稍抬了抬："查过了，没有。""是你没找到吧？""没有就是没有。""我是急着要去市政府大院公干的，不能通融吗？""你可以绕道去那条路，也很快的。"

　　果然是一夫当关、万夫莫开的主儿。突然，有车驶过，来人是李处长，该门岗的顶头上司。他下车便对刘二一通斥责："你怎么有眼不识泰山？这是我们大领导，怎么连他都不放行？"刘二语气急迫了："我……我没接到通知呀。""要什么通知，明局长的脸、明局长的车，就是指令。"李处长还想呵斥，明人制止了："刘二没做错，他也是尽职尽责。"

　　刘二很吃惊："领导叫得出我的名字？"明人拍了拍他的肩膀："我不仅叫得出你的名字，还知道你守岗的不少故事呢！"之后，刘二对李处长解释道："您也别责怪我，我返聘做保安的第一天，您就给我们上课，讲的是坚守岗位……这让我想起，卫兵要列宁出示通行证的故事了。"听到刘二这样说，明人又拍了拍他的肩，表示赞赏。刘二笑了："不过，现在好多领导，好像都不记得这个故事了。"明人再次拍了拍他的肩："你说得对，我们有些领导真的忘了这个故事，你也做得对，该坚守还得坚守。"

　　李处长连忙补充："领导，刘二原则性确实强，好多人要强行穿过这条道，都被他挡了。特别是那些开豪车的公子哥儿，耀武扬威的，他就在岗亭，埋着头，好像在查找他们的车牌号，其实是置之不理。他不认人不认车，只认上级指令。"

"我还听说，有一次，一辆救护车驶近，你二话没说就迅速放下了横杆，让人家开过去了？"明人问。

"他们要到那家医院去，走这条路，可以节省一下时间。人命关天，我不能不管的。"刘二这回说得很流畅。

"你不仅有原则性，也有怜悯心，是一个好保安。"明人赞。李处长随之附和："所以，我们收到这么多告状，也没把刘二给换掉，就是这个原因呀！"

这次，刘二真激动了："感……感谢，领……领导。我一定做得更好！"

"辛苦你了。"明人最后拍了拍刘二的肩膀。这个瘦老头的肩膀，挺硬实的。

（原载于2019年4月30日《新民周刊》）